姊妹兩地書

李麗申(木子)

合著

李麗娟(白辛)

姉姉篇

木子父母婚紗照（民17年）　　羅家倫、張維楨婚紗照（民16年）

母親懷中的木子

木子婚紗照

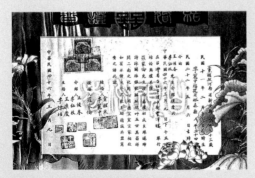

證婚人羅家倫先生用印

木子早期護士照

兒童文學會義工照

木子與林煥彰先生合照

木子與林良先生合照

木子與孫建江先生合照

木子與洪汛濤先生合照

木子夫婦與四子女家族照

妹妹篇

作者外祖母

李麗娟年輕時

李麗娟近照

李麗娟夫妻合照

李麗娟之女

推薦序──感性與睿智

薇薇夫人

　　我一直覺得寫給孩子們讀的故事，要比寫給成人讀的文章難多了，而能夠「兩者皆能」的作家，常是我十分欽佩的。

　　讀吟蛔（木子）女士的作品，是先從兒童文學開始。她對孩子說故事卻不講教訓，但道理自然隱含其中。文筆尤其樸質純美，絕不因讀者是孩子而馬虎隨便。這樣的精神現在同樣出現在她的隨筆散文之中、誠懇而細膩深刻的把對生活和生命的觀察與感觸表達在文字裡，細細讀來，就像跟一位感性而睿智的朋友聊天。

　　資訊繁盛，文學式微，有些文學作者停了筆，有些卻要媚俗才能生存。仍然肯寫和肯出版那比較「清淡」的文學作品的作者和出版社，是越來越少了，因此，吟蛔女士的散文集，就像一支清清的細流，流在渾浩的讀物之海中。可能不被眾多人發現，但卻是一支頗為養眼的清流，值得品味。

　　許多人間悲喜故事，由吟蛔女士娓娓道來，篇篇精彩可讀，絕不無病呻吟。

　　不管世界多麼進步，生活多麼繁華，人們若想保留一點雋永的心靈空間，提昇生命品質，閱讀純樸的文學作品應是

方法之一吧。所以，我是感謝像吟蜩女士這樣願意堅持「傻傻的」寫下去的作家。

　　無論室外是春雨、秋陽，甚至溽暑、狂風，能讓清流自心靈中緩緩流過，實在是生活中美好的享受。

　　盼望吟蜩女士能夠繼續堅持，多寫一些有她自我格調的文學創作，相信好書是不會寂寞的。

自序——國運耶？命運耶？

木子2008於美國加州

我與舍妹出生在先父人生、事業顛峰時期，可說生來都是千金小姐，作者木子為家中長女，出生於新加坡。家兄幼年時曾跟隨父母居住新加坡數年之久。

先父那時的事業在南洋星、馬；他當時從事教學，兼營橡膠農場，沒有接觸政治。而他有一位高足李怡星先生，我們晚輩稱他世叔，服務政界，李世叔我見過兩次，福州解放以前，他曾任福州僑務處處長。

先父（李諱仲培1884-1958），畢業於福州馬尾船政學校（中國海軍的搖籃），後曾遊學巴黎。

我們五兄弟姊妹，幼小時都是由先外祖母（和兩個丫嬛）帶養，有過幸福童年，但是這種幸福是短暫的，正與那一代中國人的苦難並步齊驅；經過抗日戰爭、家國分裂，老百姓生活於水深火熱之中；國運影響個人命運，留下活命都算很幸運的了。

半個世紀艱困的歲月，家園破碎，我們這一家也分隔在海峽兩岸，各自討生活。我在台灣，成年後從事護理工作；妹妹在福州（註），早年從事會計、出納，但因傳染肺疾，工作時有時斷，生活艱苦，幸有美滿婚姻，日子苟延殘喘，勉強度日。

　　兩岸隔絕之後，福州家人情境更為悽涼，母親病重，缺醫少藥，思夫念子，生活一無奧援，典當、變賣完了，家徒四壁，未滿四十，走完短短人生。悲哉！哀哉！

　　留下外祖母及弟、妹，老的老，小的小，又因台屬（居台者家屬）之故，身分備受貶抑，連唯一可蔽風雨的老屋，也被低價徵收，外祖母臨老還被半哄半騙之下，攆出老屋，還不僅此，當時當地曾有謠傳，是說，父親在台曾任台方少將軍官職，因而家人處境更為艱難；這種謠言太沒常識，知情的在台鄉親會笑掉大牙！平民百姓，手無寸鐵，從不帶兵，怎麼可能突然變成軍方將領？把整個國家翻轉過來，也不會如謠傳所言者。而父親在台期間，可稱為職業的，乃是律師事務所的小助理，為一位趙姓律師抄寫頌狀雜稿以糊口。燦爛人生，流落至此，夫復何言？

　　分隔兩岸的一家人，豈有不日夜思念、懷想？家鄉親人境遇已如上述。兩岸未開放當時，家兄很謹慎地寫了一封家書，想透過南洋親友轉寄家鄉，又被某單位攔截，並且派員到府給予警告。我個人一直等到90年應林煥彰先生之邀，前往湖南長沙參加「第一屆世界華文兒童文學筆會」，趁此機會，特別提早幾天，從香港轉機前往福州，探望家人，這時已是我離開家鄉四十二個年頭了。正是「少小離家老大回，鄉音未改鬢毛催；兒童相見不相識，笑問客從何處來？」

　　弟弟到機場來接機，也是姊弟相見不相識。計程車路過當年老屋舊址，請開車司機停車片刻，弟弟跟我一起下車，遙指遠處不小的一處建築，說，「姊，我們老家舊宅的位

址，後來蓋了這個軍營。」怕自己會哭出來，忍住眼中的淚水，我曾經居住多年，夢寐思念，父母僱工蓋建起來上下四間形式的小樓房，屋旁有果園、屋前有稻田的鄉村景緻，只能永遠留存在我的記憶中了。

兩姐妹遙隔山海，思思念念，不約而同，熱衷閱讀，到了老年，偶爾塗塗寫寫，沒有驚人彩筆，憶往隨想，郵寄分享。輯書留念。若遇有緣人，請來消遣閒讀。

★註：作者童年生活在福州南邊鄉下，光橋、下濂地區（後屬蓋山）；
曾在郭宅中心小學、下渡籗山小學，短期就讀，特此憶述。

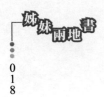

目次

姊姊篇

CONTENTS

目次

妹妹篇

CONTENTS

姉 姉 篇

1. 從「吟蜩」到「木子」

——關於我的筆名

　　「吟蜩」是先父為我取的別名，知道的朋友都說，「吟蜩」這個名字好怪呀！是的，連我自己都覺得好怪，但它是個紀念性的名字，因此我喜愛它。這個別名，是我還在嬰孩時期，先父就為我取好了的。不過，小時候，我並不知道這個別名是甚麼意思，自然也不知道多了這個名字有甚麼用處？

　　直到我結婚以後，父親同我住在一起，我們有較多的時間閒話家常，他老人家才告訴我當初為我取下這個別名的靈感。

　　原來我出生的日期是在農曆五月初，在新加坡已是炎熱的夏天，住屋外面有一片樹林子，林子裡蟬兒的歌聲交鳴不歇。父親當時聽著蟬鳴，穿過庭樹，走進內屋，屋內嬰兒也正「哇！哇！」啼哭。父親說我們李家三代都沒有女孩，父親的上一輩沒有姑姑，同輩又無姊妹，而我是三代中的第一個女孩，所以，女孩的哭聲，在父親聽起來格外的悅耳，當時他就對母親說：「我們家也有一隻會唱歌的蜩兒了。」至此我才明白，「吟蜩」這兩個字的具體意義，就是會唱歌的蟬兒。

　　我自己也不曾想到，怎麼到了中年以後，會去嘗試寫作，而且就是用「吟蜩」來做筆名，寫起散文隨筆，談論女

性所關心的許多問題，這「吟蜩」二字就在報刊上出現了。只是這「蜩」字很冷僻，許多人不會唸，於是，我拆字，只用此二字的右邊「今周」，偶爾寫一寫較男性化的題材。

「木子」也有小故事，小時候，讀國民小學一年級，第一天，父親帶我去上學，級任老師要我寫下自己的名字，磨蹭了半天，三個字的名字，拆成好多字，李字當然是木子，麗字完全看不出字型，申字寫成甲。老師問：「你叫木子甲是嗎？」七歲的我，當場哭起來。其實，這個名字，也有小典故。從前取名字按照輩份取，與我同輩的男孩子是鈞字輩，他們的名字，中間這個字都是鈞，第三字任意取，因此也有叫鈞鏘、鈞磚（接近金磚）的。這一輩女孩子是麗字輩，麗字多麼難寫難認？申字，父親說是紀念我在南洋出生的地方叫「波德申」。

近年來，為兒童文學寫作，想都沒想，為了讓小讀者易說易記，就叫「木子」吧。自從用上「木子」這個筆名，我變得更關心兒童，寫作的範圍，也多半是少年小說和童話。

有了這兩個筆名，加上我自己原來的姓名，這三個名字聚在一起，她們可以互相交談，可以敘說許多故事，非常熱鬧呢。

2. 塵封在記憶中的臘月年景

　　小時候我和外祖母住在鄉下，那是一個很典型的南方農村，全村一百多戶人家，百分之九十五都是種田，只有極少數從事其他行業，我們家就是例外。

　　農村生活，農人們天天都在田地裡奔忙，日出而作，日落而息，一點也不錯，只有在臘月農閒時，可以養息身心過一個好年。

　　孩子們最期待過年，每一個孩子都在問，過年快到了沒？我也問同樣的問題。外祖母總是說：

　　「臘妹還沒有過生日呀。」

　　我的小妹出生在陰曆十二月四日，她的小名叫臘妹，可不是現在的人所謂的辣妹。臘妹的生日一過，就到臘八了。

　　臘八，在我的記憶中的味道是淡淡的。到了這一天，外祖母照例會煮一鍋甜糯米粥。粥裡面放了八樣乾果，紅棗、桂圓、蓮子、花生……等等。一定有八樣東西，然後加上紅糖，黏稠可口，一年只煮一次，想要再吃，等待來年。

　　臘八一過，年的腳步越來越緊。鄉下人辦年貨，都是自己動手。可能在年頭就在為年尾做準備了。

　　鮮魚他們自已養，年頭養到年尾，小魚成大魚了。

　　大約在臘月中旬，我們會看到魚池旁邊已架起了車水的水車，每天總有壯漢三兩人站在水車上，兩腳交替著，不停的踩踩踩，他們要把水池的水車乾了，然後下池去抓魚。

這些魚，是農民們合資養殖的。幾戶人家合養一口魚池？這不一定，十戶二十戶，全看農民們自己的能力而定。挖一口魚池要地也要錢，買魚苗、魚草、魚食都要錢。這些本錢，由合養的農戶分攤。到了過年，大家都有新鮮的活魚吃。

下池抓魚是壯漢們的事，婦女和小孩都圍在魚池旁邊觀看。抓上來的是甚麼魚？這要看當初下的是甚麼魚種？我們小孩子搞不清楚魚的種類，只聽見大人們此起彼落不停地哇哇喊叫：

「哇！草魚！草魚！」

「哇！鰱魚！」

「好大的鰻魚！」

「哇！鱔魚！哇！鯉魚！」

如果是鯽魚或泥鰍甚麼的，就沒有那麼興奮了。

等到抓魚的壯漢宣佈不抓了，這一下更熱鬧了，等待在池邊的小孩和村婦，摩拳擦掌，全都下去了。有的腰掛竹簍，有的手提布袋，真的都在渾水中摸魚。我哥哥和我，我們兩兄妹，當然也在其中。魚池中的爛泥，不是普通的爛，有的深及小孩的膝蓋和大腿，個個都成了泥人兒，又嘻嘻哈哈，高興得不得了。只要下到魚池去，一定有收獲，無論鯽魚、泥鰍、鱔魚、河蝦、河蚌、螺螄……多多少少，撿到一些，皆大歡喜。

臘月二十三，祭灶。祭灶在廚房，多用糖果，那時的糖果都很粗糙，也有特為祭灶而製的祭灶糖。灶公灶婆兩旁

還有對聯，像是，「二十三日去，初一五更來。」「上天言好事，回宮降吉祥。」等。祭灶完畢，舊的灶公灶婆要去休假，為他們黏貼在灶間的畫像，這一晚要撕下來燒毀。可見，灶公灶婆一年只有一星期的假期，假期中他們也沒有閒著，要上天庭去報告這一家人家，這一年中做了甚麼好事，到了除夕，又貼上新的灶公灶婆，他們又來做灶間的主人，保佑這一家大小如意吉祥。

祭灶一過，要殺豬宰羊了。像養魚一樣，這些豬羊都是幾家農戶合養的一隻豬或是一頭羊；如果是四家合養，四家人出錢買小豬及飼料，由其中的一家來養，負責飼養的這一家人家，叫做掛豬頭的，到了過年殺了豬，豬頭歸給辛苦養豬的這一家，他們辛苦，算是有了報償。養羊也一樣，多半是這四家輪流養，所以，很公平。我們小孩子，喜歡看殺豬時破肚子。殺豬都是天不亮就殺了，孩子們知道明天要殺豬，睡覺以前都會再三央求大人，一定要一大早叫我們起來看屠夫給豬的屠體破肚子。大人小孩圍成一圈，個個都要擠在最前頭，唯恐別人擋了自己的視線。這對我後來讀解剖學有一點幫助，很容易記住動物的心、肝、肺在胸腹內正確的位置。殺好的屠體，會有人來蓋章，小時候都以為蓋了章比較漂亮，後來才知道，即使是自己養的家畜也不可以私宰，蓋章的人是稅捐處派來的。

殺好的豬由四家合養的人各分四分之一屠體和內臟，他們還會再分給其他親友。殺雞宰鴨是自己家裡的事。雞、鴨、魚、肉都有了，好豐富的年景出現在眼前。

　　接著是除夕，家家戶戶祭拜祖先，臘月也近尾聲了。

　　像這樣很鄉土而又傳統的臘月景象，到日本侵略中國，烽火滿天，村中百姓，逃的逃，死的死，即使後來中國勝利了，往後的幾十年，那種趣味又繁榮的年景，它永遠塵封在我的記憶中了。

3. 大時代中的小劇碼

　　故事發生的地點，不在東三省（那時叫東三省），不在北京，不在南京，不在大城市，是發生在福建省地圖上很難找到的一個小小點。

舞台一：

　　一個小女孩，還是童蒙之年，和哥哥、妹妹以及一群鄉下土小孩，在野地裡奔跑，天正藍，花正香，田疇綠野，有青蛙、鳥兒鳴唱，蝴蝶、蜻蜓飛飛飛，孩子們嘻嘻哈哈，跑跑跑，追追追……忽然，嗚－嗚－嗚！……警報長鳴。趕快躲啊，鄉下還沒有防空洞，躲在山岩邊，躲在大樹下，飛機掠空而來，呼嘯尖銳，孩子好奇，跑出來偷看，黃褐色雙翼飛機，低空掠過屋頂、樹顛，飛機窗口可望見機艙裡日本空軍飛行員，戴著土黃色飛行帽，寬邊大眼鏡，露出獰笑獠牙，雙眼朝下搜尋，沒有炸彈，沒有機關槍掃射，大男孩說，這不是轟炸機，大伙兒就不害怕。

　　這裡是後方，不是戰區前線，不是重要據點，也曾被敵軍佔領，小女孩不准出門了，孩子的眼睛還看不清任何真相，只時時用耳來聽。聽說政府機關都疏散遷往安全地帶，此地成了無政府狀態，老百姓出門沒有安全，為了生計非出門不可，受盡敵人凌辱，被日軍關卡人員脫衣搜身，強取財

物，你的東西就是他的東西，反抗會更倒楣，甚至丟失性命。若無財物可取，就打你嘴巴，揪你耳朵，用手指彈弄你的鼻頭取樂。強姦時有所聞，婦女深居簡出，家家閉門鎖戶。治安混亂，漢奸橫行，盜賊蜂起。

噠噠敵騎馬蹄列隊而過，不是浪漫，只有驚心動魄！

鐵蹄敲過石板路面，日夜驚魂！聽說鬼子兵只是路過，向據點集結。

從門縫裡偷瞧，土黃色飄動的片狀帽緣，隨著步伐在腦後幌動，亮晃晃的刺刀扛在肩上。

小女孩魂飛膽喪。

躲藏起來。

舞台二：

仍然無政府狀態。

鬼子走。搶匪來。

一天夜晚，小女孩熟睡中。

醒時被告知。

昨晚，午夜時分，一夥十幾二十人，持刀、槍、斧頭，破門而入。

刀斧架在女孩母親、外婆的頭頸與腰背。「不許動！」問：

「你家男人在哪？」

「遠行。」

「遠行哪裡？」

「不知道。」

土匪頭子，下命令：

「搬！」

整箱的，連箱搬。整簍的，連簍運。

櫥櫃內，零散的，用筐裝，用床單包裹。

都是男匪，嗨哼！嗨哼！從午夜搬到黎明。洗劫一空。

天濛濛亮了，小女孩尿急，下床，踢到搶匪故佈的路障，盆盆罐罐，連連跌倒。

爬起來，迷糊中透過房窗朝房外有亮光的天井望去，親眼目睹搶劫的最後一幕，一男匪正在發言：「不許報警，通報必死！」砰！對空鳴槍。揚長而去。

舞台三：

小女孩和哥哥、妹妹跟隨父、母逃離家鄉，前往北方寧德，一個寧靜富饒的小縣城，爸爸在此有了工作，收入可以度日糊口。一家人棲身在一個破敗的舊祠堂。

鬼子兵又來了，這回更狠，燒、殺、虜、掠，用石頭敲砸住戶鐵門（註），砰砰砰！砰砰砰！日夜敲打。

一天夜裡，「牠」們放火燒城。

市區裡，有一排新建的店區木屋，被放火了，火光照天，就要燒到破敗祠堂，我們一家人正準備外逃，不外逃也燒死在祠堂。老天幫忙，下了一陣及時雨，火勢漸熄，天亮前後，賊聲沉寂，我們仍在屋內悄悄走動，輕聲說話，不敢外出。

城外槍聲再度響起，城裡沒有抵抗槍砲，估計日軍已經開拔。

再等等，屋外有動靜聲響。

猜想，是否敵已遁去？

又響起整齊步伐聲，不再敲砸居屋門戶。

聽說我軍進城了。

出逃的百姓扶老攜幼三三兩兩回到老城來。

點一點這一家人數，有！有！有！……一個不少，全員到齊。

聽到群眾歡喜的語聲。

號外！號外！

日軍已向浙江方向潰退。

又數日，號外！號外！

日本無條件投降！

城內，鞭炮聲此起彼落，鑼鼓喧天，歡聲雷動！

該是逃難者可以打包回去老家的時刻。

老姊妹我所記述的，是大時代中的零星小劇碼。見過大場面的中國人，哪會為此涕泗縱橫？

年華逝水，小女孩命大未死。

古稀之年，夕陽將盡，老眼昏花，舞台上依稀遺留著些許殘影。

向來，惡夢最難忘懷。

★註：福建寧德的富裕人家住屋多高牆鐵門。

4. 孤獨、寂寞與無聊

孤獨通常是指單一的一個人自我獨處的時候。

孤獨的境界可以是很高的，柳宗元的五言絕句中，有：「千山鳥飛絕，萬徑人蹤滅。孤舟蓑立翁，獨釣寒江雪。」這位蓑笠翁的境界，是怎樣的境界？

一個人在孤獨中可以完成偉大的志業，如：海明威的名著《老人與海》中的老人，就是孤獨中的偉大。

文學、藝術、宗教、哲學、科學……等，其中的某些階段，或在最初的起點，往往是來自於孤獨中的沉思、冥想與探索；有的還必須在孤獨中才得以完成。

孤獨並不絕對指著一個人單獨獨處的時候，有時候，在一個團體中，或有多人與你共處的時候，由於彼此觀點、境界的迥異，無從溝通、認同，甚至話不投機半句多的時候，這人也會感到無端的孤獨。

孤獨不是孤僻，孤僻是有著某些自身的怪癖，不能融入群體，有意自鳴清高，或自外於他人。

孤獨會引來某種程度的寂寞，但是，慣於孤獨的人是不怕寂寞的，這人甚至可以默默的享受、咀嚼他的孤獨與寂寞，並且樂在其中。

害怕孤獨、不耐寂寞的人，可以想方設法來排遣孤寂。排遣的方式，有的是有意義的，有的是無意義的。有意義的，如：尋求親情、友情、愛情的相互滋潤，也可從事某種

有益身心的嗜好與娛樂，藉以驅走孤寂；有些排遣寂寞的方式是沒有意義的，甚至是有害自己身心，並且會騷擾到他人他物，那就是無聊的層次了。

寂寞與無聊有著層次上的不同，寂寞通常是較為內斂的，寂寞也許會叫人想不開、鑽牛角尖，但是，寂寞不會無緣無故去招惹他人。

常常聽人說，無聊死了，無聊死了，有的是說自己無所事事，感到無聊；有的是說他人無聊，莫名其妙地來招惹自己。無聊若只是在嘴巴上說說，但說無妨，要是隨意的做了甚麼傷人害己的無聊事，那可真是太無聊了！

無聊和閒暇是如影隨形的好朋友，閒暇在哪兒，無聊就在哪兒，把閒暇打發走，無聊也就消失無蹤了。

5. 小說世界令我留戀

　　慧如和我是讀初中時的同班同學。她是小說迷，平常愛讀小說也喜歡講小說。讀到精彩處，每忘情地大笑，有時候也罵，罵書中的人物不是東西。我跟她的坐位靠得很近，常常會看她表演一些激動的鏡頭，有的同學笑她何必替古人擔憂？我卻總是聽得津津有味。慧如是北平人，一口標準的國語，表情又多，說到動人處，真個是眉飛色舞，比那說書的毫不遜色。這正好，一個愛講，一個愛聽，兩個人都很過癮。下課的時候，人家去打球，我們不是窩在一個地方講小說，就是去跑圖書館。同一本書，她看完了我來借，或是我看完了她去借，借來借去都是小說。也由於書的媒介，兩個人成了好朋友。甚麼《飄》、《簡愛》、《小婦人》、《俠隱記》、《三劍客》、《基度山恩仇記》……等等，這一類的翻譯小說，那一陣子真看了不少。雖然是沒計劃的亂看一通；但是這種不花錢的消遣，著實給我平淡的少年歲月抹上了頗為濃重的色彩。以致於四、五十年後的今天，想擦拭都擦拭不掉了。

　　我對小說，多半是抱著欣賞的態度，沒有甚麼研究的精神。看書的速度也不快，一本書看上一年半載也是常有的事。但是，凡事不怕慢只怕站，只要每天都能夠勻出一點時間翻幾頁，再厚的一本書，不消幾個月也就翻完了。

　　那時候，翻譯的白話小說，對我來說比較容易接受，而中國古典小說就很費事，往往翻幾頁就要丟下。記得我第一

次拿起《紅樓夢》，連第一回都沒看完，就看不下去了。原因是：一方面自己的古文基礎太差，另方面《紅樓夢》裡生僻的字眼很多。如果邊看邊查字典，勢必一點樂趣都沒有，當時只好放棄。放棄了不就此心安，它總在我心底呼喚，想不管它都不能。我一次一次地放下，又一次一次的拿起來。終於決定去買了一本。大約在民國五十年左右，我買了它。這時我已結婚，生了兩個孩子，工作、孩子、家務，是我的生活重心，不知道到哪裡去找時間，來消受這一部堂堂的長篇巨著，不禁暗自竊笑自己不自量力。再一想，管它呢，我既不是「紅學」專家，也不會有人來考我，怕甚麼呢？於是我鼓足了勇氣，一頁一頁的翻去。遇到不懂的詩詞典故，可以不求甚解，碰到礙眼的生字，只好有邊唸邊沒邊唸中間，就這麼生吞活嚥的看下去。嘿！奇怪呀！居然還把個林黛玉愛得不得了。看到「林黛玉焚稿斷癡情」，「苦絳珠魂歸離恨天」，簡直看不下去，把書本閤起來，禁不住為她傷心掉淚。

通常，我看小說都是被書中的人物所吸引。《儒林外史》真正吸引我的人物是杜少卿。杜少卿在第三十回時才出現。他愛才，愛酒，愛作詩，蔑視八股，不慕權勢……，在第三十二回裡，有一位藏三爺對他說：「……縣裡的王父母是我的老師，他在我跟前，說了幾次，仰慕你的大才，我幾時同你去會會他？」杜少卿說：「像這拜知縣做老師的事，只好讓三哥們做，不要說先曾祖，先祖，就是先君在日，這樣的知縣不知見過多少！他果然仰慕我，他為甚麼不先來拜我，倒叫我拜他？……」又說：「……你這位貴老師，總不

是甚麼尊賢愛才，不過想人家拜門生受些禮物。他想著我？叫他把夢做醒些！況我家今日請客，煨的有七斤重的老鴨，尋出來的有九年半的陳酒，王家沒有這樣好吃東西……」說了半天，他就是不跟藏三爺去拜見王知縣，還結結實實把人家損一頓。

讀《儒林外史》我常常留連在第三十回至三十七回之間，因為杜少卿在這裡進進出出，這個人又有趣又可敬，許多時候，他還藉著別人的嘴巴罵自己，這種幽默實在叫人捧腹。

後來，一位朋友借我一本明萬曆版《金瓶梅詞話》，看完之後，有些替潘金蓮抱屈。我常想，《金瓶梅》這本書，如果抽去一個潘金蓮，恐怕就如清湯寡水一般無味了。戲劇或電影裡，總是強調潘金蓮謀殺親夫如何淫蕩的情節，這也許是編劇沒有細究過這本古本，以至於歪曲許多情節。其實，潘金蓮是天生麗質，因父死家貧，一再被轉賣到張大戶府裡，後又不見容於張大戶的老婆，再轉送給死了老婆賣炊餅的武大。書中形容武大：「為人懦弱，模樣猥瑣，渾名叫三寸丁，谷樹皮，身上粗糙，頭臉狹窄……牽著不走，打著倒退……」而潘金蓮則是：「……自小生得有些顏色，纏得一雙好小腳兒，九歲賣在王招宣府裡，習學彈唱，就會描眉畫眼，傅粉施朱，梳一個纏髻兒，著一件扣身衫子，做張做勢，嬌模嬌樣，本性機變伶俐，不過十五，就會描鸞刺繡，品竹彈絲，又會一手琵琶……」成熟以後的潘金蓮，在西門慶的眼裡看去是：「……黑鬖鬖賽鴉翎的鬢兒，翠彎彎新月的眉兒，清冷冷杏子眼兒，香噴噴櫻桃口兒，直隆隆瓊瑤鼻

兒，粉濃濃紅艷艷腮兒，嬌滴滴銀盆臉兒，輕嬝嬝花朵身兒，玉纖纖蔥枝手兒，一捻捻楊柳腰兒……」以潘金蓮這樣的美貌與才藝，若生在今天這樣的時代，也許還會贏得「世姐」頭銜，可憐她一朵鮮花做了那個時代的犧牲品，像貨物一樣送來送去。固然武大是潘金蓮親手下藥毒死，但下毒的主意是來自愛貪小便宜的王婆，而砒霜則是西門慶所供應，分明是社會造成的悲劇，卻讓一個小女子去承擔，多麼不公平！

《金瓶梅》這本書，因為「床戲」太多，一向被列為黃色禁書。我倒以為，作者用心良苦，他先讓西門慶擁有無數女人，最後卻讓他因色而暴斃，其實，戒色、戒淫的成分很大。此書應屬「未成年不宜」，全禁則矯枉過正。我家孩子想讀這本書，我都叫他們結婚以後再讀。

天下的小說「浩如煙海」，看不完，也說不盡，近年，自己的視力也漸漸差了，不像從前那樣濫讀，孩子們知道媽媽愛書成癖，仍然不斷的為我添購新書，既買之，則看之。想從前都是我買書給他們，後來則是他們為我選書，真是樂在心裡，笑在臉上。有假日的時候，跟他們窩在一起，你一本，我一本，彼此交換心得，好像又回到我的少年時期。我難道不可以說，愛看小說的孩子不會變壞？我自己就是在小說中逐漸成長，在小說中學習知足與謙卑，在小說中不斷尋思探索，在小說中品味別種人生。

如果有人問我今後的個人願望，我但願在我有生之年，再讀幾本動人的好小說。

6. 一個五十歲的新手

我在國語日報「我為什麼為兒童寫作」的徵稿中,和「全國兒童週刊」的「作家小時候」專欄,以及我自己的書序中,都陸續發表過我的家庭背景,以及小時候的一些趣事與苦難,在這裡,我就不去重複那些經歷與往事,我只想說說,後來我怎麼會走上寫作這條路。

我是酷愛閱讀成癖的人

我喜歡閱讀已經很久了,尤其偏愛小說。後來從事護理工作,天天面對生老病死,常常會拿真實的人生去和小說中的世界比對印證,結果發現,小說中的情節,不但在現實人生中都有可能存在,而且,人生中種種奇特的現象還有更甚於小說中所描述者。一旦看人看事看多了,自然也會興起提筆為文的念頭,然而苦於自己不是文科出身,文學概念模糊,專業基礎不足,所有的僅僅是一顆熱愛文學的心,以及一股想要創作的慾念,只有這兩個條件,可以從事寫作嗎?我猶豫著。

我個人所謂的閱讀,都是指的愛讀閒書這件事。從少女時代開始,我沒有一天不讀閒書閒報,閒書是指小說,閒報就是報紙副刊。護理工作是我的正業,我不是不敬業的人,但是,在正業方面,我沒有那種強烈的繼續進修的心願,我

的心都在小說和報紙副刊上頭。也可以說，在護理工作這一行，我是不可救藥的沒有長進，我沒有念頭在護理界去謀得一官半職，或是想辦法朝著護理長、督導、護理主任步步昇高的進階去努力，看到別人競爭向前，我卻總是退後，我只想安分守己的做個稱職的助產士，要不，就喜歡待在嬰兒室。工作不忙時的空檔中，我喜歡巡看嬰兒們紅冬冬的蘋果般的小臉蛋，或是摸摸他們的小手小腳丫。有人說，全嬰兒室的嬰兒通通哭起來，可以把人吵死，但是，嬰兒的哭聲在我聽起來是世間最美妙的音樂。

結婚有了小孩以後，為了夜間方便照顧孩子，我轉到門診工作。每天下了班，打理家務之外，只要得到一點空閒，我還是急急忙忙找到書報來讀。和書報親近的時刻，我的快樂是難以形容的，如果我是一條魚，這些書報就是讓我自由自在泳游的活水，我泳游在其中，就像一條快樂的魚兒，生活上的煩惱，都丟在一邊去了。

在閱讀上，我沒有完善的讀書計劃，也沒有什麼特殊的目的，只是興之所至的閱讀，看到喜歡的文章，也會剪貼保存，因此，我看過的報紙，多半是坑坑洞洞的。我的床頭總有書，我的手邊總有報，我的居室不是那種很窗明几淨的，梳妝台上也是堆滿著書籍和報紙；我愛書報愛到了成癡成癖的地步，誰要是亂翻我存留起來的報紙副刊，我會大聲嚷叫起來。我的先生和孩子們，也不得不漸漸地習慣於我的怪癖，他們覺得這個媽媽是不是有一點神經啊！一張報紙副刊找不到，搞不好會大發雷霆一番。看到一本自以為的好書，

一定想辦法先睹為快。我的這些怪癖，我的孩子們多少也受了影響，他們後來對於書報也是非常愛重的。看到一篇好文章，我們隨時都有話題可以討論，當然也帶動他們看書的習慣與識書的眼光。

在少女時代，我就在讀巴金、魯迅、徐志摩、老舍等的作品。翻譯的小說，像福爾摩斯探案、基度山恩仇記、約翰克利斯朵夫、飄、小婦人、茶花女、俠隱記、三劍客、簡愛、唐吉訶德……這些名著，不管能不能吸收，我是一本接一本，從來沒有厭倦。本國的名著，像西遊記、水滸傳、紅樓夢、儒林外史、老殘遊記、聊齋、金瓶梅等等都是後來年紀大些才買來讀。另外，杜斯妥也夫斯基和林語堂的作品，我都是整套的買，我所買的書大部分都是小說。更現代一點的作家，像白先勇、王禎和、黃春明、小野、張系國、張曉風等，他們的作品，我也都看；看來看去都是小說就是了。也可以說，我是在小說中逐漸成長；在小說中學習知足與謙卑；在小說中不斷尋思探索；在小說中品味別種人生。對於好的雜誌，我也不會放過。民國五十六年（1967）元月，林海音女士發行純文學雜誌（月刊），我看到廣告，就去訂閱。五十五年十二月，我生產最小的這個孩子，月子裡，純文學雜誌就來陪伴我；有人說，坐月子不要看書哇，月子裡看書會把眼睛看壞的，我沒有聽取好心的勸告，當然，過度使用眼力是不好的。在那時候，純文學雜誌是我最喜歡的讀物之一，看著「純文學」越編越好，我又去加訂兩份，送給兩位愛書的朋友。可惜，好的純文學刊物，不一定能夠持久

發行，純文學雜誌終於也逃不過虧損賠錢的命運，撐到第六十二期，宣告停刊。為一本好雜誌的停刊，我掉下了眼淚。好歹它是陪著我走過溫馨的五個年頭，就像一位好朋友，每月在固定的日子都來和我談心，以後他不來了，我頓時有被離棄的感覺。我寫了一封信，想寄給海音女士，想叫她不要停刊，考慮一下，這封信又沒寄出去。再想想，總不能因著我自己喜愛這本雜誌，叫出版社繼續賠錢吧！現在提起這些事，內心裡還是傷感不已。

　　從書籍、雜誌或副刊的資訊中，我也很留意文壇上當時當代的作家群，因為愛讀他們的作品，這些作家自然會成為我注目的焦點。像陳之藩、余光中、彭歌、子敏，何凡、林海音、琦君、曉風、王文興、王禎和、黃春明、小野、歸人、張系國……等等，都是我所景仰的作家。聯合報副刊的「楊子專欄」也是我很愛的專欄之一；蕭白的散文我也很喜歡。我讀他們的作品，從欣賞到景仰，有時把他們當成我的朋友，有時把他們當成我的老師，但是，他們並不認識我。許多事情是我自己想都想不到的，我沒想到自己後來會去爬格子，也沒想到會在很自然的情形下，和許多位作家前輩認識了。我第一次和海音大姊面對面說話，是在東方少年小說獎頒獎典禮上，我是得獎人，而海音大姊是那次小說獎的評審。由於去聽琦君大姊的演講，也和琦君大姊認識了。林良先生，我是在參加兒童文學學會之後，就常常有機會見到他了。而「子敏」的作品，我是已經讀了二、三十年了。我自然更沒想到，林良先生後來會答應為我的童話故事集《長腿

七和短腿八》，寫了一篇叫我臉紅老半天的序文。其實，這些前輩作家的作品，早就在引導著我，我內心裡有一些感覺的種籽在蠢蠢地蠕動著。

萌發與探索

我的孩子好像是來考驗我的，等到他們需要故事的時候，我才開始接觸兒童文學作品和讀物，我和孩子們一起讀了許多兒童故事，或是講故事給他們聽。我的孩子個個都很聰明又調皮，在他們成長的過程中，難免會有許多好玩的事，生氣的事，一層一層的蘊藏在我的心底，人生的體驗，生活的滋味，一天天的累積，從心裡漸漸的滿溢出來了，我就很想拿起筆來一吐為快了。我最早的一篇短篇小說，是在「小說創作」月刊發表的；發表的日期已經不記得，題目叫「再見萍萍」，刊登本文的這一本雜誌，我收藏了一陣子，有朋友借去看，沒有還回來，這一篇小說就再也找不到了。民國六十年，我以「今周」為筆名，向國語日報少年版投出一篇〈南山橋〉，算是短篇少年小說吧。當時少年版的主編魏廉先生很喜歡這篇作品，她在篇首撰寫了一段短文加以推介；魏廉先生又另贈我一本第一集的「方向」集，給我鼓勵。那時候國語日報有一個「看電視」小專欄，讓觀眾讀者有機會投訴電視節目的好壞，有兩位讀者投書給這個專欄，建議應該把「南山僑」拍成電視劇，一定會給少年兒童們好的影響。但是，那時候很少人去注意少年小說，更別說甚麼少年影片了。

　　以上這些小小的前奏事件，都是在醞釀著，總有一天，我將會拿起筆來寫作。對於寫作這件事，我還是很懶散的，我實在更留戀著做一個純讀者，我總覺得，文學創作是一件備極艱辛的思維活動，閱讀對我來說，則是一種十分輕鬆的享受。

　　到了民國六十二年，我工作的診所因為人事精簡縮小編制，我那個單位的兩個人員當中，必定要走掉一個，到底該誰走呢？主管很是為難，我主動遞上辭呈，問題就解決了。那時候我四十歲，四十歲當然不能就退休在家裡，我是個閒不住的人，一面尋找工作，一面拿起筆來寫小說，《紫牽牛之歌》是在這個沒有工作的空檔中完成的。可以說，這個故事是比較適合少女來閱讀的。故事的女主角叫牛紫千，是和紫色的牽牛花諧音的；主角的個性也是和牽牛花相互象徵的。牽牛花是常見的紫色小花兒，一年四季滿山遍野的開，既豔麗又倔強，沒有人栽種，沒有人照顧，也沒有人認真的去欣賞，但牽牛花是不在乎這些的，不管周圍的環境有多麼惡劣，她們就那麼攀呀爬呀，開了謝，謝了又開，不羨慕別人也不看輕自己，總那麼默默的，散發著不被重視卻屬於她們自己的芬芳。故事中的主人翁牛紫千，是一個很愛紫色的女孩，從小到大，她只愛穿著深紫淺紫或帶著紫色花朵的衣裳，她的居室、用具、飾物等也都是接近紫色的色系。她的個性也像牽牛花一樣，柔美中帶著一點倔強；而她的命運卻也坎坷得一如野地裡的牽牛花；她在愛情與婚姻上都一波三折，但她不怨不恨，只默默的走，輕輕的唱，當幾度狂風驟

雨過後,她又重新開始,繼續唱她的人生之歌。《紫牽牛之歌》,在六十七年出版,出版之前,我自己匆匆的寫了一個短短的自序就付印了;更可惜的是,這家出版社因財力不繼,不久就結束營業,《紫牽牛之歌》就唱不下去了。

　　不久,新工作找到了,我又回到護理工作的崗位。這一次我找到的工作,一星期只要上班二十小時,加上孩子一天天長大,我的時間更為充裕,閱讀量也更大了,看人家的文章看多了,自然產生有話要說的衝動。民國七十二年開始,我以「吟蜩」為筆名,在國語日報家庭版撰寫話題,家庭版每月換一個話題,我就每月投出一篇;我所撰寫的內容,都是以女性的觀點,來看社會百態,從不同的角度加以省思,我總不忘提醒婦女同胞,隨時提昇自我境界,以達到兩性的和諧。這些作品很多篇被其他刊物轉載,有一篇被輯選在一本書中。也有讀者來信和我做朋友,這些都給我很大的鼓勵。直到那時為止,我仍然是一個勤讀的讀者,對於寫作還是隨興而閒散的,同時也是在摸索之中,不知道該朝哪個方向去寫?也沒有嘗試為兒童寫作,對兒童文學的具體意義,沒有深思體察,自然也不可能動筆去創作。

在兒童文學學會做義工的成長

　　人生常常有意料之外的事,民國七十三年六月,由於一次偶然的的邀稿,我用「木子」為筆名,開始向國語日報兒童版投出第一篇兒童故事,這一篇作品的題目是「鞋匠的

孩子」。因為第一篇作品沒有遭遇退搞，後來才有信心一篇一篇的寫下去。同年十二月，中華民國兒童文學學會成立，我申請加人為會員，不久看到會訊刊出徵求義工的啟事，我就每週抽出一個上午在學會做義工。這時候，我才真正開始接觸兒童文學的人與事，也叫我大大的開了眼界，原來有這麼多兒童文學工作者，早就在這裡為兒童文學付出心血與努力。第一屆總幹事（後來改稱祕書長）是林煥彰先生。學會剛成立不久，會址是由光復書局董事長林春輝先生所提供借用；一切起頭難，經費有限，人手不足，所有的會務人員都是義務兼職，學會只有一位領薪水的祕書，他就是近年來連續得獎的青年插畫家林鴻堯先生；不久林鴻堯去服兵役，換來一位年輕小姐林麗娟。我好喜歡這兩位年輕的朋友，和他們一起工作是很偷快的。會務人員各有各的職務，我這個義工就做些已經積壓下來的雜務。過去，我都沒有接觸過這一類的事情，實在沒有這方面的經驗，煥彰先生說：「學會剛成立，誰會有經驗呢？邊做邊學嘛。」真的是邊做邊學。我第一件事就是開始整理學會從發函籌備到成立之前的許多行文資料。接著整理學會成立以後的發文和收文，一份一份登記歸檔。再來就和林麗娟小姐一起整理全體會員所登記的個人資料，於是會員的資料名冊出來了，按姓氏筆劃排列的會員名冊也出來了，接著再做會員的分區名冊。當然，兒童文學的大事紀要也同時在進行著。總幹事常到學會來處理事情，我和煥彰先生接觸的機會漸漸多起來，他是快腦快手快腳的人，甚麼事情都要快快快，我偏是個慢郎中，唯恐跟不

上他所要求的進度，有些事情只好帶回家去做。好在林麗娟小姐很能幹，我們合作得非常愉快。學會經常在舉辦活動，事情越來越多了，事前要準備要連絡，事後要收拾要整理，處處都需要人手。重量級的作家要負責演講，名嘴要主持會議，會訊主編要拉稿看稿，幹事要搬東西布置會場，總幹事就像抬轎子或拖車子的人，要去拖車、要去抬轎子，口不出怨言。我看到哪裡有什麼小事情，就趕快撿起來做。到了寄發會訊的日子，我幫著貼封套上的地址名條，把會訊一本一本裝進去，幾百個會員，就有幾百本會訊要寄。我和林麗娟，我們下了電梯，抬著會訊到附近的郵局去郵寄。兩天之內，全體會員就會有會訊可看了。每當我們抬著會訊去郵局，好像螞蟻抬蒼蠅，我們就感慨自己的力氣太小，我們互相打趣說，要是能能夠徵召到幾位男性義工就好了。於是，我深深地瞭解到，一個團體的成立與存在，不是一件容易的事，雜七雜八的事情很多很多的，像會議紀錄、演講會的錄音帶整理、會訊校對等等，都是煩瑣而費時的。甚至有少數會員沒有按時繳納會費，又要花時間撰印催繳信函，浪費郵資。還有少數會員，不能諒解會務人員的一些小誤失，開口就罵，挨罵首當其衝的人就是總幹事，總幹事有時候根本不知道自己怎麼莫名其妙的被罵了？但是還好，會務人員都很有風度，任勞任怨。這種時候，我就感到痛心與無奈，怎麼會是這個樣子呢？不做事的人反而能罵拚命做事的人，我真希望，罵人的人，也來參與工作，那麼一定再也罵不出來了。

　　義工工作，叫我瞭解到兒童文學許多不同的層面，由於切身的參與，自然有所成長。每當我完成了一件事情，煥彰先生就會問我，「事情做完了，有沒有意見？有沒有感想啊？好不好寫一點下來？」我先寫了一篇〈中華民國兒童文學的人力資源〉（包括當時統計的五種資料表格），刊登在國語日報兒童文學版。又寫了一篇〈一個女性義工的見識與成長〉，在上述同樣版面分做四次刊出，寫了人，也寫了事，寫我自己在做義工時各方面的成長。

　　漸漸的，我在創作方面有些概念了，思維活動也比較有條理了，能夠分得清什麼是童話，什麼是小說了，我也慢慢的研讀一些兒童文學理論性的文章；是不是有一點開竅了呢？我反覆的問自己。我在五十一歲才開始撰寫兒童故事，寫到第三年，糊裡糊塗的得了一個獎。我的得獎感言，題目是「五十歲的新手」。是的，我是兒童文學界一個年齡老大的新手，只是，我已經不再是五十歲了，在我不知不覺間，光陰又溜走了好幾年，我正在朝向六十歲邁進。

一個遲來的春天

　　歸納起來說，我之所以到老了還可以開始創作兒童文學的作品，也不是憑空而來的，它是有著幾個關鍵性的因素：

　　第一，是因為我有著長時期愛讀閒書的基礎；閒讀是一間廣大無垠的教室，名作的作者，都是我文學課的良師和益友。一書一報在手，古今中外縱橫大論談，不限時間，不繳

學費，雖然不能取得文憑，但是也沒有考試的壓力，一時忘了重點，隨時可以一讀再讀；閱讀的樂趣，說也說不完。

其次是，因為有孩子在我身邊，他們的哭聲，他們的笑貌，他們的生活演出，他們的好與壞，他們的天真與調皮，都在我心靈上刻畫下深深的印記，我的每一篇作品，都有他們的身影。孩子們是我活生生的模特兒，他們是我寫作的源泉，沒有孩子，我沒有辦法編故事。我和我的孩子們在一起也飼養過許多動物，在空閒的時候，我仔細觀察動物的習性，這讓我後來不知不覺的寫出童話作品來。

第三，因為我的職業是護理工作，讓我有機會面對社會上各階層的人群，給了我豐富的人生體驗。

第四，因為我後來在學會做了義工，深入瞭解兒童文學的人與事，參加座談、討論，也去聽名家的演講會，這些都是我心靈貧乏時充電的時刻。

第五，因為作家前輩們給了我很多學習的榜樣，他們的言談與舉止都豐富得像一本大書，我在他們身邊停停看看，等於隨時都在讀著一本活動的好書。

第六，因為我的先生和孩子能夠長期的容忍我的癖好，體諒我不是一個很稱職的家庭主婦；雖然愛看書報不是什麼壞事，但過於沉迷，總是耽誤家中正事。從前我先生看我那樣沉迷於小說，難免時有怨言，他曾對我說，「妳有時間為什麼不背背英文念念四書呢？讀那些閒書有什麼用？一點也不實際。」可是後來情形有了大轉變，他不但不再叫我背四書念英文，而他自己到老了也加入美國兒童文學作家協會為會員，並

且也開始翻譯作品，在有關兒童文學的刊物發表。至於我那愛畫卡通的女兒，開始時總是拖三拖四找些理由不肯為我寫的故事配插圖，後來卻主動說：「媽咪，只要妳寫出故事來，我馬上就畫。」另外三個兒子，也會催著我快寫快寫，並且把從前調皮的往事，和不可告人的祕密事件，提供給我做點子。這些意想不到的種種，難道不是兒童文學給我帶來這麼一個遲來春天嗎？

願做薪火傳承的一份子

自從加入兒童文學的陣容，我就愛上了這個事業。我想，我不會再去走護理工作的回頭路。我對文學的熱愛，可能是生來就有的，我對文學始終獻出虔敬的心。我認為，文學不僅僅止於消遣或美化人生，它在某些層面與宗教是不謀而合的。有些人形容作家的筆是一種武器，我不以為然，作家如果沒有悲天憫人的胸懷，他如何去渡盡天下蒼生？

為兒童寫作，我是起步得太晚了，今後，我希望能夠專心地多為小朋友寫作，不要再去沉迷於閱讀之中。當然，我也有著一個心願，希望在我有生之年，能夠有能力設立一個少年小說獎，作為我曾經得獎的一種回饋，同時也是薪火傳承的工作。我也曾私下對我的孩子表示，如果在我的生前做不到，希望將來動用我的人壽保險金，來完成我未了的心願，到那時候，我若泉下有知，將會感到何等的快樂與欣慰！

(原刊載「兒童文學家季刊1992夏季號木子專輯」)

7. 易散的筵席

　　我是一個喜歡閱讀的人，閱讀已經佔去我大部分的休閒時間，我不是不喜歡小動物，實在是沒有工夫去飼養。孩子們若是起鬨要養甚麼寵物，我總要先來個約法三章，誰出主意飼養甚麼，誰就負責牠的吃喝拉洗，媽媽只能在金錢上給予少許協助，要我去替貓、狗洗澡，我是寧可看小說。孩子們又把這種開宗明義當成一種默許，於是各種奇怪的嬌客，就源源不斷的「走私」進來。諸如：白老鼠、天竺鼠、小白兔、鴿子、母雞、紅頭鴨（他們叫「唐老鴨」）、金魚、烏龜、小鱉、小螃蟹、蛇舅母（像小四腳蛇）、青蛙、貓、狗、小猴兒等等。但是，後來除了狗和小螃蟹還在繼續爭寵之外，其餘的不是中途換了主人，就是因為飼養的常識不夠而魂歸西天。來來去去的這些小動物中，有的的確不怎麼可愛，我只輕瞄了一兩眼，不曾給牠們多少熱情。叫我付出較多關注的，只有「毛虎」和「小金剛」。

　　「毛虎」是小狗的名字，因牠還是狗娃娃時，一身毛絨絨胖嘟嘟，兇巴巴的一張臉又有一點兒像小老虎，所以就叫牠「毛虎」啦。「毛虎」不但越長大越不好看，而且還有病。發病的時候，牠躺在地上，四肢僵硬，兩眼翻白，口吐白沫，抽搐不已。頭一次看到很害怕，以為是被人下了毒。誰知十幾分鐘之後，牠起來又吃又喝又蹦又跳，就像甚麼都

沒發生過一樣。過了一個多月又抽了一次，我們去請教獸醫，獸醫說可能是先天性癲癇症。你養了這樣的狗，也只有認了。後來每隔一些日子，牠就抽搐一次，大家習以為常，也就不再害怕反而更寵愛牠。我們住郊區平房，庭院四周有圍牆，平常不放狗出去，也不遛狗。只有偶爾有外人來的時候，不小心才會被牠溜了出去，我們喚一聲「毛虎！」牠又立刻飛奔回來。直到有一次送瓦斯的來，牠又溜出去，這一次叫不回來。幾個人分頭去找，也是徒然。

　　「毛虎」丟了，全家的氣氛陷入低潮。平常一回家就咿哩哇啦看卡通大聲笑的女兒，也笑不出來了，大家都在等待「毛虎」的再出現。又過了兩天，沒有消息，看來凶多吉少。若是被人撿了去倒是好，只恐怕……

　　孩子們不習慣沒有狗的日子，又去狗店物色了一隻，連名字都不改，還叫牠「毛虎」。小「毛虎」又長大了，一身黑黑亮亮的長毛，頸子上掛著防蚤項圈。小「毛虎」的眼睛很會看人臉色，誰要拿牠出氣，立刻躲得遠遠的；對牠好聲好氣，馬上過來撒嬌。因為是從小開始訓練，所以聽懂很多話。叫牠站起來，就用兩隻後腳站著走幾步。要牠坐下就坐下，趴下就趴下。握手時，你伸右手牠伸右前肢，你伸左手牠伸左前肢。見你把狗食倒在盆裡，牠就坐著等命令。不叫牠吃，絕不敢自作主張輕嘗一口。吃了一半叫停，舔舔嘴，坐在食盆旁邊跟你兩眼對四眼。孩子們假裝打架，牠急得團團轉，好像勸架的樣子。有人吹口琴，牠也尖著喉嚨嘶叫，

不知道是討厭，還是因喜歡而共鳴？這時候我才知道甚麼叫做玩物喪志，孩子們在一起講「毛虎」，一天要講好幾回。就好像天底下再找不到這麼可愛的小狗了。

接著又來了「小金剛」。「小金剛」是一隻印尼進口的小獼猴。高矮只有一尺多，重量也不過斤把重。這種猴子最愛吃水果。手裡抱著一顆小葡萄，就像一個小小孩抱著一個大籃球。牠把葡萄咬個洞，吸呀吸的把裡面的果肉吸出來，流了一肚皮的葡萄汁，樣子很滑稽。猴兒的天性很貪心，見有人靠近，就伸手要東西，先藏一些食物在頰囊裡，吃不完就亂撕亂丟亂糟蹋。這種猴兒的智慧比較差，根本不聽指揮，也不能訓練牠做甚麼，頂多只能讓牠騎在「毛虎」背上做做樣子照照相。老么有時候也把牠擱在自己的肩膀上。

不過，這種會吃會拉的小動物，都有一身臭騷味兒。老么嫌牠臭，就給牠洗個澡，不洗倒好，這一洗，洗出了問題。後來聽說，這種猴兒不是捕自山野，是人工受精繁殖的，對疾病與環境的抵抗力等於零，也不能像野猴子那樣去過叢林的生活。不知道是不是洗澡受了涼，從此就吃得少睡得多，一天比一天不活潑。我一著急就帶牠去看獸醫，獸醫說「小金剛」得了急性肺炎。打了兩針又拿藥回去吃，好像不怎麼見效，再去看獸醫也沒起色，拖了四、五天，還是一命嗚呼了。

此後我打定主意，不讓孩子們再添購甚麼寵物，因為人與寵物的筵席易散，一旦曲終人猶在，那種傷感的滋味，不

是三言兩語說得完的。我個人以為，養一種寵物調劑身心無妨，若是去搞動物美容院，給貓、狗洗三溫暖，那就不是我所能理解的了。

8. 羅家倫為羅迷證婚

那時，懵懂，還是個二十出頭，愛做夢的女孩，不曾讀過幾本上品好書，只知愛戀雅好古今小說，總在小說中尋夢，得了空閒跑書店、圖書館，借閱小說，擷取小說中的綺思遐想，綴補自我空乏的心靈空間，也藉此忘卻父母家人分離四散的苦楚，何曾深思過甚麼人生、人生觀、人生哲學、羅家倫何許人？

有那麼無所事事無聊的一天，無意中在圖書館的書架上發現了這本書，「新人生觀」，一時好奇，借來瞧瞧，瀏覽之下，引出胃口，但又覺得，它是一道不易消化的豐美佳餚，懷疑小胃口的自己，吃得了嗎？吞得下嗎？轉念一想，若爾品嚐，諒也無妨。

羅先生在序文中說，「……我斷不敢說這部書是表現一種有力的思想，我祇敢說這是我個人用過氣力去思想的一點結果……」

第一篇，說，「……生命的意義與價值是每一個有思想的人都應該想到的問題，想到了能夠運用智慧以求得合理的解答，這就走進了人生哲學的範圍，如果不去想，甚而想到了，又不去求得合理的答案，人生恐怕就要面臨危機了……」

想想自己這許多年來惡劣的境遇，有如步步危機，萬一再遇上更大的危機，有誰能夠牽引我？豈能只管再這麼遊思

夢想？來回思忖，自己是晚生小輩，羅先生三十一歲（1928年），是清華大學校長時，小女子我還沒出生，這會兒好像是一個幼稚生，突然莫明其妙地闖進一間偌大的大教室，而台上侃侃而談的學者正是大學校長──羅家倫先生，雖然未見其人，不聞其聲，翻翻書頁，沒人說不可以。就這樣一章一節讀下去，一步一步地走進羅先生的思想領域。

全書十六章，章章都是羅先生的心血結晶，學識淵博，謙謙君子。

謙和，正是後生小輩我首要用心學習的人生態度。囫圇吞棗，還了書，想想，還須細讀，再要借，已被他人捷足先登，懊惱不已。

＊　　　　＊　　　　＊

過後，有人贈書給我，正是羅先生的《新人生觀》，簇新的一本新書，受贈者感謝欣喜。贈書人說他自己是羅迷，是羅先生的忠實讀者、信徒，他在早年讀高中一年級時，學校教唱過羅先生作詞的「玉門出塞」歌曲。據他敘說，民國三十四年，在重慶讀到《新人生觀》，就被這書吸引，到書店去買了一本，自己先讀一二遍，轉贈朋友，過些日子又去購讀此書，從大陸一路買到台灣寶島，終於輪到本姑娘我也獲贈一本。贈書人怕我擺著不讀，每每見面總要先問問：

「你回去有沒有讀？」

「有啊。」

「那你說說，羅先生書裡哪些話你覺得有道理？」

「很多都有道理啊，只是，書中引據許多中外經典，太深奧，不好懂……」

「就說說你懂得的吧，**翻開書，照著書上讀，也行。**」小女子我被考到了，不能辜負送書人的心意。好吧，只能不按次序地讀上一些自己喜愛的段落。

「……根據新的人生哲學，建立起新的人生觀：

動的人生觀……宇宙是動的，進行不息的，人在宇宙中，也應該是動的，進行不息的。

創造的人生觀——我們的動，並不是機械的動，是有意識的動，把有意識的動力，發揮出創造力。

大我的人生觀——不要把人生看得太小太窄，太小太窄的人生，就像沒有雨露的花苞，開不出來，不久就會萎落……」．

「……強而不暴是美——我所謂的強，不是指比武角力好勇鬥狠的強，乃是指一個人全部的機能、品性，以及其他一切的天賦，在每一個自然的階段，都能盡善盡美的發出篤實光輝的地步，才算是強。但如果強而暴，就失去強的意義，也就不美了……」

「……學問與智慧——有人以為學問就是智慧，其實，有學問的人何曾都有智慧？反過來說，有智慧的人也不見得都有很好的學問……」

「……文化與修養，中國先哲對於人生的教育和社會的文化，認為是要文質並重的，文化需瀰漫浸淫在整個民族之

內，文化是民族心靈的結晶，文化是民族精神的慈母。要提高民族道德，非提升民族文化不可。讓文化如春陽一般，溫暖每個人的內心。⋯⋯文化涵蘊著文學、音樂、美學等等，

需要大力栽培，要創造優美文化固然困難，僅僅欣賞也不容易⋯⋯」

其實，當我讀著的同時，已經領略到，要想消化吸收羅先生的理念實非易事。讀者只有先抓住主要概念，等待他日根據自我能力，再去逐步考驗與實行。

＊　　　＊　　　＊

贈書人時常翻讀此書，自然比我嫻熟，很多片段他都能背誦，又補充羅先生的說法，「⋯⋯強者有三個條件，最野蠻的身體、最文明的頭腦和堅決的意志，在生命發展的過程中，不斷奮鬥，他把整個生命放在大眾裡面來提高大眾，而不是壓倒大眾⋯⋯」他說，他非常景仰羅先生的理念，曾去信向羅先生請益人生問題，也收到羅先生的回信、贈書與玉照。他又如數家珍道：

「⋯⋯羅先生是『五四運動』的主將之一、他是歷史學家、教育家、作家、研究文化的學者⋯⋯」

贈書人與我，一個憨厚，一個天真，來自地北天南，都是生長在中國地圖上很難找的窮鄉僻壤，萍水相逢，又因都正在讀著此書，陸續見面，時常討論著書中內容與作者行誼。他是耿直的人，熱愛朋友，不幸卻在「白色恐怖」年

代，橫遭冤案株連入獄，終判無罪，重見天日，此等經歷令人錯愕同情。

時間過了三年，或許雙方都有要走得更近的心意，一天，他說，「……論年紀你我該可成家了，如果你願嫁我，我將去請羅家倫先生做我們的證婚人……」沒有浪漫，些許瘋癲，事件過於突兀，令我暈眩，一時不知如何回答，就問：

「你請得動羅先生嗎？」

「試試看嘛。」

小女子我面冷心熱，表面傳統，內裡溫純，已近適婚年紀，彼此居台將近十年，東飄西蕩，寄人籬下。內心裡當然曾經盼望有個家的情境，既是有人要娶我，也是一樁喜事。況母親、弟妹稽留大陸，父親健康已出現狀況，又居無定所，哥哥長住校園宿舍，我在醫院工作，「家」在醫院，前塵往事深費思量……

後來的事頗像經歷一場夢境，羅家倫先生不知是怎麼了？他還真的答應為這兩個未曾見面的讀者證婚。婚禮當天，賓客眾多，新郎、新娘退居配角，來吃喜酒的親友同學，多半是為了要來一睹我們的證婚人羅家倫先生的風采。或也可以說，我的婚姻以書為媒，我嫁給贈書人，寫書的作者出席證婚，可說一切因書結緣吧？願如羅先生在證婚人祝詞中所說，「……中國人的婚姻最好是南北一家親，後代子孫比較優秀……」優秀與否？這是後話，像我這樣的小女子，沒有甚麼野心壯志，工作、家庭、孩子，將是我今後的人生。

婚後一星期，我們置備禮物，前往羅府拜謝證婚人，羅先生在書房接待我們，他又親簽了另外三種著作贈送我們，包括《文化教育與青年》、《六十年來之中國國民黨與中國》、《國父畫傳》（英文版）。交談中只見一位何副官來回張羅斟茶送點，我也聽聞過羅先生當年曾寫一百封情書與情詩，追戀校花夫人的美談，我趁空問候了羅夫人，他說夫人與女公子這時正在美國行旅中。談話中，羅先生也提到簡體字運動，他贊成簡體字，卻被某些人恐嚇、戴紅帽子。他說，簡體字早就有的，字典上也有，只是，推行起來需要周詳擘劃，平常使用簡體字自然省時方便，譬如「台灣」，你喜歡寫「臺」灣嗎？但是研究中華古籍，簡體字就不是很理想的文字工具了。

羅先生或許應邀演講至為頻繁，聲帶受損，聽他說話，聲音沙啞，想提醒他應多加保養。適有其他訪客，我們就告辭。

羅先生生前我只這麼近距離親見過匆匆兩面，外觀上，他是瘦形氣質才子，況我見他時已上了年紀，並非今人所謂的帥哥。他那憂國憂民，尤其珍愛青年的學者形象，深深刻印在我的記憶中。

動盪的時代，誕生了這樣不朽的文化巨人，平凡如我等，也得以分享到他那過人的智慧，他就像那煦煦溫陽，照耀著中華文化。

我們傷痛，羅先生生前兼任職務太多，沒有心力照顧自己，文化巨人終究倒下。

＊　　＊　　＊

　　愚夫婦臨退之年，有個移民機會，將要赴美，離開台灣。

　　民國七十五年元月二日，我們攜同女兒，前往陽明山第一公墓，拜謁羅先生墓園。因不是清明節日，並無掃墓車潮人潮，我們先到墓園管理處查詢，資料顯示，羅家倫先生墓園在此公墓第十二區二百五十九號，再問管理員能否指引路線？管理員說，第一公墓有一萬多座私人墓墳，沒有方向，怕難尋找。

　　管理員又說：「你們等一等，等我問問他，看他知道不知道？」

　　這時，我們看到管理處外面路邊，停放一輛小轎車，管理員所指的他，就是坐在轎車裡面的人。詢問之下，這位先生姓吳，他是墓園建築的承包商，我們向他探詢羅家倫先生墓址，吳先生說，羅先生墓園就是由他承建，遞來名片，他叫吳振發，知道羅先生的墓址所在。我們求他幫忙帶路，但是他說正在等候他的客戶。這時候是下午三點鐘左右，他說他的客戶隨時都會出現，他不能帶我們去，否則，他會失去一筆修墓生意，我們說，我們願意等等，等到他跟客戶接頭以後再去。

　　等候期間，外子跟吳先生聊天，又把羅先生對國家的偉大貢獻，大略敘述一遍，吳先生很受感動，而且久等客戶不到，終於願意用他的轎車載我們去。車子三彎兩轉，停在一處雙線道旁，吳先生領著我們走進小路，他說，要找羅先生

的墓不難，先找公墓的紀念碑，看到碑塔塔尖，羅先生墓園就在碑塔附近，他帶我們穿梭在公墓小徑，看他像街市間送信的郵差那樣熟悉，吳先生不愧是墓園的承建者。羅先生墓園設計簡樸、莊嚴，黑細紋白色大理石貼壁，左片墓壁，鑲嵌「學淵續懋」橫額大字，正是羅先生一生的寫照；後片大片墓壁，鑴刻著羅先生早年所撰「玉門出塞」名歌歌詞，每個方字約有二寸大小，尤有特色。我們面對墳頭碑石敬向羅先生行禮三鞠躬，並與吳先生合影留念，吳先生當即留下住址，要我們寄照片給他。感謝吳先生的適時出現，讓我們順利了卻拜別羅先生的心願。世間因緣，這般巧妙，冥冥中是誰在安排這樣的巧遇之旅呢？

個人有幸親炙世紀溫陽，恩澤難忘。文化巨人的形象、思維，永植我們心中。

（中外雜誌2008年7月刊出）

9. 先認識子敏　後拜識林良

子敏，我很早就認識了。拜識林良是後來的事。

子敏，我是在國語日報「茶話」上認識他。

「茶話」專欄剛一刊出時，就引起我的愛讀。這個專欄，最初是由洪炎秋、何凡、子敏三位先生輪流執筆。他們三位的文筆，各有千秋，大有看頭，每逢週一刊出，吸引很多讀者。本專欄刊出一段時日之後，洪炎秋停筆，由何凡和子敏隔週對唱。稍晚薇薇夫人加入「茶話」，成為雙生一旦的陣容。這雙生一旦，不管誰先出臺，我這個「茶話迷」一定總在臺下觀賞、叫好。往後，何凡先生和薇薇夫人，也許太忙，先後退出茶局。至此之後，就由子敏一個人去唱獨角戲了。這獨角戲，一唱就唱了十多年，子敏先生至今仍然粉墨在臺上。儘管是獨角戲，戲碼和內容，依然那麼精彩，我和我的家人，也依然被這精彩的演出，深深的吸引。

子敏的「茶話」話題，起先常是圍繞著家庭和孩子間的溫馨故事，描寫最多的是他的三位千金，櫻櫻、琪琪和瑋瑋，偶爾也寫「媽媽」，還有一隻白色的狐狸狗「斯諾」，金魚一號，金魚二號等等。不管寫人物，或是寫動物，都非常溫馨感人。我之所以會成為子敏的「茶話迷」，還有其他的原因：因為，子敏在「茶話」中所描寫的人、事、物，和我們家有些類似，兩家孩子的年齡，也很接近。我家四個孩子的順序是貝貝、丫丫、嘟嘟、元元。我們也有一缸金魚，

我們家也養著一條狗，小狗的名字叫「毛虎」。孩子們每天在一起，講他們的寵物，不厭其詳，講掉很多時間。

子敏筆下的三千金，我家孩子耳熟能詳，尤其是貝貝和丫丫，長大起來和我搶讀「茶話」，搶得不亦樂乎。他們也很沒大沒小，嘴裡時常直嚷嚷，子敏，子敏，他們和我一樣，只拜讀子敏其文，沒有機會拜識子敏其人，這豈是孩子們的過錯嗎？

子敏的三千金長大以後，「茶話」的內容轉向人生哲理，甚至無所不談。子敏的文筆也越來越趨向幽默圓熟，我自己也偶然有些想不開的事，在讀過「茶話」之後，往往跟隨著「茶話」中濃濃的茶香，不知不覺，信步的走出了牛角尖和象牙之塔，對我來說，「茶話」也產生了安撫心靈的作用。

開始時，我家的男主人是唯一不讀「茶話」的人，每到星期一早晨，見我總是邊讀報紙邊吃早點，立刻找到機會提出抗議，他說：「吃早飯或是看報紙，選一樣先做好不好？」我說：「今天有子敏的《茶話》，我趕快先看完了，好讓你也看一看。」後來很奇怪，不讀「茶話」的這一位，也漸漸的被子敏的「茶話」所吸引。而且，明明知道不是星期一，還莫名其妙的來問我：「今天有沒有子敏的文章？」

等我知道，子敏就是林良的時候，這已經是很靠後的事了。

我第一次見到林良，是在民國七十三年十二月，中華民國兒童文學學會成立大會的典禮上，那天，林良先生在臺

上做主席，我終於見到了他老人家的廬山真面目。不久，學會舉辦「兒童文學寫作講習班」，我是臺下的學員，林良先生在臺上講課。後來，我得了第一屆「東方少年小說獎」，林良先生是頒獎典禮中應邀講話的貴賓，於是，我們三位得獎人，都有機會和林良先生在一起聊聊天，並且也和他攝影留念。

　　再後來，我要出一本童話集，照例要請名家前輩寫個序，我實在不知道要請哪位先生來執筆，自己心裡先是不斷的嘀咕起來，是誰發明的出書一定要寫序呢？這種事，真是叫我感到千難又萬難。我的第一本書，沒有序。第二本書，是由東方出版社決定，以海音大姊的評論來代序。第三本書，是由幼獅出版社直接請了宋維村主任寫序。到我要出《長腿七和短腿八》的時候，才有了寫序的煩惱，當時，我想賴上洪汛濤先生和林煥彰先生幫我寫序。煥彰先生非常客氣，謙言他自己對童話不在行，建議我應該請林良先生寫序。我哪敢？而且我知道，林良先生經常在剋扣自己的睡眠時間寫稿，怎麼好再拿額外的差事去打擾他呢？我想了好幾天，猶豫了又猶豫，富春的邱各容先生，也在催序了，不管了，硬了頭皮，先吞服一顆豹子膽，然後動筆給林良先生寫信，把一些必要的個人資料也寄給他，請求林先生百忙之中，可否擠出一點時間，給一個新手寫幾句鼓勵的話。林良先生為我寫了序，題目是「為孩子寫作的媽媽」，並且用限時掛號寄給我，這件事，叫我獲得太多的精神鼓舞與感動！

　　我是先認識子敏，後拜識林良，由於先入為主的關係，我習慣於稱呼子敏，子敏，子敏，在口頭上已經說了二三十年，我這麼的叫起來，是多麼的順口，不想再改換稱呼，這一點，可要請林良先生多多恕罪了。

　　　　　　　　（此文收入《文學風情69林良和子敏》）

10. 我看林煥彰

　　許多年前，林煥彰和我，先後在《全國兒童週刊》「作家小時候」專欄，各刊出過一篇自己小時候的成長故事，他的題目是「我小時候很笨」，我的題目是「我小時候是個野丫頭」。他既然說自己很笨，應該就不是天才，我覺得他很像是一個「社會大學」的土博士。

　　在我的心目中，他這個「社會大學」的博士生，早都應該修業期滿，可是，他還在那裡日以繼夜不斷的進修，他是喜歡拿吃苦當吃補那種人。

　　他所修習的學科，大凡與文學、藝術有關聯，諸如：詩歌、散文、繪畫藝術等……尤其兒童文學的方方面面，他特別精通，童詩、童謠、兒歌、童話、散文、書報編輯以及兒童文學社團的成立、組織、活動、也包括這些各方面課程的傳授、演講等等……，還有某種繪畫、畫展，他也涉入研究，修業已經幾十年，他還不想畢業，也沒領過畢業證書，可是，在我看起來，他是一位極為優秀的超級土博士，恐怕把許多姓菜的「菜博士」加在一起都不及他這一個土生土長土得一塌糊塗的土博士（我的誇張形容）。

　　我認識煥彰先生是在1984年（民國七十三年），迄今已經將近有四分之一世紀了，也就是在「中華民國兒童文學學會」創立那一年，當時，我看到學會徵求會員的新聞，我邀小女一起加入。

　　我個人原是從事護理工作，業餘喜愛閱讀，偶爾也在報刊投稿，小女那時藝專畢業，喜愛繪畫，也愛文藝，我們母女有過合作，我寫故事，她配插圖，發表一些童話故事文體的作品。

　　「中華民國兒童文學學會」成立，第一屆理事長是林良先生，煥彰先生是當時的總幹事（祕書長）。學會初初草創，欠缺經費與工作人員，我又看到學會徵求義工啟事，那時我自己還有一份半職的護理工作，我覺得每週可以抽出一點時間去學會幫忙做一點義務性的小雜務，於是我和總幹事林煥彰先生連絡上，我事先聲明自己沒有這方面的工作經驗，或許我和煥彰先生頗有緣份，他才會歡迎我這個沒有經驗的義務工作者。

　　進到學會，我才發現學會裡除了聘僱一位祕書之外，所有的會務人員，包括理事長在內，都是義務兼職，兼職者各自都有自己的本職領域，煥彰先生當時的本職是聯合報系的副刊編輯。我這個「小蟻工」就跟著他這位超級大義工做些已積壓下來的檔案整理工作。我稱呼煥彰先生「總幹事」，他叫我「李小姐」；通常，寫作界的朋友，若是互相以筆名稱呼對方也是很自然的事，而煥彰先生他不用筆名。

　　漸漸地，煥彰先生發現我的年紀比他虛長了好幾歲，他一定要改變稱呼，喚我「李大姐」，心裡想，他這個人怎麼那麼好玩？說改口就改口，我也不知道怎麼辦？只好倚老賣老地直呼其名；其實，在我心裡，我是敬他如師長，因為，

他熟悉的那些事務，我都不懂，那就由他來帶領，我應該是他的一個很笨拙的「老學生」才對。

在學會義工期間，我每週都會遇見這位默默工作，年紀又比我小的「兼任老師」。我是那種不多說話，通常安安靜靜地做事的人，一方面也默默地在觀察他，他很隨和、學識淵博、處事明快、勇於負責、態度圓融、未開口說話先對你笑……有時候，聽他說起自己的學經歷，小時候家境貧困，小學學業也僅是斷斷續續；他早年的經歷是：牧童、肉品加工廠學徒、台灣肥料六廠的清潔工……但是，社會也即是一所超大型的大學校，他懂得隨時隨地自我充實用心學習……因此我才說他是「社會大學」的博士生。看他那睿智的雙眼轉轉轉，知道他都在想著如何完成手邊的事情，手腳又快，精力無限……

每當我完成了一件什麼小事情，他還會給我出題目，他問，「李大姐，這些項目做完了，有沒有甚麼感想？寫一點下來好不好？」

聽他這麼說，我也要趕緊動腦筋，先後寫了些「中華民國兒童文學的人力資源」（包括五種當時統計的表格75/7/27民）、「一個女性義工的見識與成長」（76/11/15-12/6民）、「我為甚麼為兒童寫作？」等，都在國語日報兒童文學版刊出。在寫作上，我比較喜歡故事性的體裁，這種屬於論說類的文體，不是煥彰的鼓勵，我不敢輕易去動筆。

當時，學會人事方面的法規規定，總幹事之下，可容兩位幹事，煥彰向我表示，要把我納入幹事之一，另一位幹事是東方出版社總經理邱各容先生。但是，那時我已經在申請美國移民，將成事實，我對煥彰回話說，不久我或將遠行，不要考慮我的甚麼職務名稱。他說，「沒關係嘛，你就是學會的幹事啦，等你要走時，我再找人接替你的工作。」我當時堅持請他另覓幹事人選。我們這些小組人員，是由煥彰先生來領隊，我戲稱他是我們的「隊長」或是「班長」。

後來，煥彰成立「海峽兩岸兒童文學研究會」，他是理事長；同時發行「兒童文學家季刊」，我則移居美國加州，偶爾返台相約碰面，知道他的事情越來越忙，我若有事找他，需先電話連絡，他總是叮嚀，若他短暫離開工作坐位，留言請託田新彬小姐或其他同仁轉告即可。（許多年前）

煥彰當選兒文會 第五屆理事長時，我剛好回台探親，準備在台停留半年，又有時間去學會做義工，年歲漸長，生活動盪，作品漸少，煥彰卻找來一些我曾經獲獎的作品「長腿七和短腿八」以及小女的插圖，加上「五十歲的新手」（我個人兒童文學寫作雜記），另加幾篇林海音、孫建江、巢揚、洪汛濤等幾位先生評論「木子」作品的評論文，又加上他自己與木子的訪談「林煥彰VS.木子」、林加春老師與全班小朋友對談「長腿七和短腿八」……他把這些文稿通通收集起來，放在「兒童文學家季刊」（1992夏季號）做了一個很熱鬧的「木子專輯」，還把木子的小照放大刊出，他這

個人，默默地用心安排，真把我嚇了一大跳！緣於木子寫作起步甚晚（五十歲的新手），作品不多，在兒童文學家的隊伍中，也僅是很排尾的寫手，他卻為我如此費心！對我來說，這當然會是一個難得的紀念，我非常寶愛並且珍藏這個刊物。

煥彰他凡事默默耕耘，永遠邁步向前，已出書七十餘種，著作等身，獲獎豐碩，他的作品翻譯成多國文字，也曾獲聘他家鄉社區大學的教授職，實至名歸，他卻沒有為他自己先做一個「個人專輯」，叫我心裡如何過意得去？也只有把我對他的感謝銘記在心了。

我自己又是屬於較為羞澀靦腆型的個性，上台會忘詞，口才不及格，拿起筆來才會有話說，遇有機會出書，最難的一件事，就是要去敦請前輩先進為我的書寫序，若又不曾熟悉交往，這事真難開口請託，一心只想賴上林煥彰幫我寫序，他這個人，凡有意義的事，在他能力範圍，一定從命。

林煥彰他對兒童文學界的貢獻，真所謂的「x竹難書」。（借用網路流傳台灣某名人錯用成語搞笑新典故）。

我們台灣社會，時常會冒出某些奇異的發光體，把美麗的亮光向外發射，號稱「台灣之光」，我個人衷心肯定仰慕林煥彰他的人品與才華，而且他也早在某個角落閃閃發光！

有一次聊天時我曾表示，很想來記述一篇我與煥彰的「義工情誼」，以及他對我這個「老學生」的種種指教與關

愛，他卻說，「要寫可以寫呀，但是，這種文章不可能會在
與我有關連的媒體及刊物出現。」他這個人，非常平實，腳
踏實地，不會自我吹噓顯露自己。他已經自他服務的媒體退
休，我這篇未經他過目的記實短文，但願還有露臉的機會。

2008寫於美國加州

11. 我到中國兒童文學博覽寶宮 走一回

——「二十世紀中國兒童文學導論」讀後

　　我是一個很感性的人，對於評論性的書、文，一向抱著先入為主的怕怕，我怕它們的硬度，因而常常失去接近它們的機會，自然，也就不能從那裡面獲得什麼益處了。

　　初始，我對孫建江先生巨著「二十世紀中國兒童文學導論」也有同樣的心態，但是，當我打開這本書，心情就漸漸的平靜下來，心裡想，作者可以用六年的時間，去收集並展示這些無價的寶物，我就不能用六個月的時間，去把它觀賞一下嗎？於是我準備好紙筆，開始邊讀邊做筆記。現在，我再從筆記上，摘錄一些更為簡要的段落，加以連綴，做成一篇短短的讀書報告，這些簡要的段落，也是我正在尋求的知識。

　　「導論」的開頭，從文化背景說起。在文化的背景上，中國的文學在二十世紀百年之中，經過兩次大的變革，第一次，在本世紀初，中國文學受到西方思想的碰撞，引發「五四」新文化運動，並且成功地完成了由白話文系統取代文言文系統的文體革命。第二次變革，在本世紀末，中國進行改革開放，繼續發揚「五四」運動的精神，打破單一創作的模式，對藝術進行多元化的追求，而使中國的文學進入新的時代，也使得中國的新文學走進了「世界文學」的格局之

中。在此並略舉幾位這個時期具有代表性的人物,如:陳獨秀、胡適、魯迅、周作人,以及稍後步入新文學文壇的郭沫若、葉聖陶、矛盾、冰心、郁達夫、巴金等,在當時,他們都從不同的角度用自己的作品,去奠定新文學的基礎,而魯迅、周作人等又是新文學「以人為本」的啟蒙與深化的關鍵性人物。到了文化大革命,中國走向全面性的文化大封閉,使中國的新文學進入荒蕪時期,文藝成了幫政治服務的工具,致使魯迅等一大批文學先賢,畢生奮鬥和發展起來的新文學,發生可怕的斷裂。文革以後,由於政治和經濟各方面的改革開放,「以人為本」的現代化文化意識重新抬頭,並以較理性的觀點,站在現代文化的高度,去反省過去的歷史,評估現實,展望未來。強調創作的個性和藝術選擇的多樣化,使文學藝術呈現了色彩紛呈,風格迥異的繁榮局面,於是,文學藝術遂進入一個新的時期。

中國古代是把兒童當成縮小了的成人,更甚而只是成人的附屬與陪襯。中國對兒童的發現,比歐洲對兒童的發現,要晚得多,差不多是在十九世紀末,二十世紀初。那時因為中國的門戶開放,西學東漸,有識之士開始創辦報紙刊物,出版圖書,把國外的新思想、新觀念,介紹引進到中國來,一步步的,兒童文學也發展起來了。至此,中國的兒童文學觀才確立起來。在這裡又要提到魯迅,他不僅是中國新文化運動的奠基者,同時也是中國兒童文學的建設者。魯迅首先提出「立人」的主張。「立人」的意義,第一,要使兒童有健康的身體。第二,兒童要有生動活潑的精神。第三,兒童

要有自動自發敢想敢做的品格。魯迅從「五四」到他去世的前夕，都在發出「救救孩子」的吶喊，他說，以「立人」來塑造民族的新形象，是從事兒童文學的天職。

周作人的兒童文學理論，對中國兒童文學的發展，也起了十分重要的影響，周作人是中國最早運用「文化人類學」理論進行文學研究的學者，他的研究，也影響著日後兒童文學研究者如趙景深等的理論。

中國最早翻譯出版的童話，是孫毓修編譯的《無貓國》。（1909年上海商務印書館）

「兒童本位論」是美國教育家杜威1919年來華講學時提出，接著，魯迅、周作人、鄭振鐸等都先後撰文表達自己的兒童觀，也可以說，「兒童本位論」影響了中國兒童文學的走向。周作人在論及兒童和兒童文學的關係時指出，「如果兒童不被承認，不被理解，兒童文學也是沒有什麼好期望的。」

1956年，陳伯吹提出「童心」說，陳伯吹以為，一個兒童文學作家，善於從兒童的角度出發，以兒童的眼睛去看，以兒童的耳朵去聽，以兒童的心靈去體會，必然能夠寫出兒童看得懂，兒童喜歡看的作品。

從1903年開始，周桂笙、孫毓修、周樹人、周作人等都陸續的編譯了為數可觀（計有一百餘種）的童話、小說、寓言在國內出版。在這同一時期，中國古代以及外國的作品，也在大量的進行改編。

早期的兒童文學，無論翻譯或改寫，都是非常重視「文以載道」的教育性，此種教育性遇到中國社會發展的不平

衡性，產生出不同的功利性，這些不同的功利性，又都直接或間接的影響到文學、兒童文學的意識形態。八年抗戰時期，作為文藝界領導人之一的郭沫若說過，「抗戰必須大眾動員，文藝功能主要是為政治宣傳。」文化大革命時期強調「主題先行」，作家要寫「三突出」，（突出正面人物，正面中要突出英雄人物，英雄中要突出主要英雄）。這兩個時期狹隘的功利主義，使文藝的教育性失卻了自身的積極意義。另外，二十年代三十年代時，則鼓吹，文藝作品必須描寫帝國主義對中國勞苦大眾的壓迫與剝削。戰爭對文藝創作思想的影響一直延續到六七十年代的文化大革命，急功近利的色彩非但沒有淡化，反而加強。但是，從三四十年代開始，也有一些作家的作品，在教育性的題材上處理得非常成功，諸如：陳伯吹、賀宜、包蕾、張天翼、金近、洪汛濤、嚴文井、彭文席、方惠珍、盛路德等都創作過許多有影響力的作品。

在文化大革命以後，二十世紀七十年代，八十年代，中國社會進入改革開放的時期，遊戲精神成為兒童文學的思潮，它的最大特色是反文革。由於遊戲精神的勃興，因而出現熱鬧派的童話。熱鬧派童話最具代表性的作家是鄭淵潔，鄭淵潔作品的特點，在於多角度的滿足兒童對熱鬧品格的需求。除鄭淵潔之外，彭懿和周銳，也是熱鬧派創作舉足輕重的作家。但是，熱鬧派作品，也有一些負面影響，因其幻想和誇張有著太大的隨意性，容易忽略物理與情感的邏輯性，又由於大批的創作，產生雷同現象，以及言語直白粗糙等等的缺陷。不過，熱鬧派童話，到底給中國兒童文學帶來了

濃重的遊戲精神色彩，這是熱鬧派作品令人激賞的一面。然而，教導兒童對美的欣賞，也是作品中不可忽略的。

在這個新時期裡，由於大眾對現代文化意識的普遍覺醒，少年文學隨之興起，使中國兒童文學整體的水準，有著提升的趨勢。又由於讀者接受能力的提高，作者的自身能力也獲得充分發展。在新時期裡，少年文學方面，具有代表性的作家有：曹文軒、任大霖、班馬、劉心武、沈石溪、羅辰生、陳丹燕、梅子涵、王安憶、夏有志、程瑋、劉健屏、常新港……等數十位，而且，各有各的獨特風格。

新時期中的童話、詩歌、散文、寓言、報告文學等各類文體，可以說，無論是新作家、老作家，大家一起來展示嶄新的風貌。

二十世紀中國文學、兒童文學，在作品價值取向方面，母愛是永遠的主題，八十年代以後，兒童文學家們，繼承並發揚了魯迅時代的精神，把塑造未來的民族性，和兒童文學的發展，緊緊的結合在一起。新時期的兒童文學作品，走多元化的趨勢，並且蓬蓬勃勃的發展開來，其中，有探示少年隱祕心理的，有崇尚大自然的，有描寫野性的，有描述感覺世界的，真是熱鬧滾滾。

最後一個篇章，專門簡介討論台港兒童文學。

台灣兒童文學的走勢，擁有中華文化基本的要素，又明顯的容納了台灣本地文化和外來美日等文化的特點。台灣在1945年光復以前的二三十年代，即有數種兒童刊物雜誌《神童》、《台灣少年》、《第一線》、《台灣民間文學集》，供

台灣兒童閱讀，四十年代到六十年代，是台灣兒童文學的萌芽期，這一時期兒童文學的特點，在於改寫和翻譯。六十年代中期，出現童話詩人——楊喚。六十年代中期到八十年代初期，為台灣兒童文學的成長期。八十年代是台灣的兒童文學全面發展時期，1984年台灣兒童文學學會成立，標示著這一時期的開始。先後的重量級作家，如：蓉子、林良、林煥彰、謝武彰、黃海、李潼、桂文亞、陳木城、林武憲……等數十位，各類文體，陸續登場，且各有特色。而林海音、潘人木、嚴友梅則是台灣兒童文學界的三位元老。

香港兒童文學的發展可分為四十年代和八十年代以後兩個階段。四十年代香港的兒童文學，受大陸兒童文學影響，等於是大陸兒童文學的向外延伸，六十年代出現劉惠瓊、徐速、何紫等幾位兒童文學作家。進入八十年代，兒童圖書出版社相繼成立，把香港的兒童文學發展推向高峰。重要作家有何紫、嚴吳嬋霞、宋治瑞等。

孫建江所著作的這本35萬言的大書，把它放大起來，它像是一個中國兒童文學展覽的寶宮，把它縮小了來看，它是一個朱紅色的小寶盒，裡面的珍寶，都是他登山越嶺，千辛萬苦，去搜尋來的，他把這些寶物，分門別類的，展示給大家，他自己又像個博物館的解說員，用他那充滿智慧與魅力的說故事的技巧，侃侃的談論著一個超大型的歷史、文化和文學的故事。他並且毫不吝惜的說，只要你喜歡，這些寶物，你都可以拿回去。我是拿了一些出來，就是上面我所說的這些，如果你覺得不夠看，你要親自進去，一定會有收穫。在這個寶宮裡，唯一叫我感到有些不足的是，台灣方面

的作品，沒有討論得那麼全面，正如作者所說，由於大陸與台港（尤其是台灣）彼此隔絕已久，資料掌握有限（撰寫此書時），故而有了遺珠之憾。

孫建江是我未曾謀面的書信朋友，對於建江他這個人，我也有幾句話要說，在現代某些功利的社會裡，我們常常看到，有不少所謂很聰明的年輕子弟，他們在家裡與兄弟手足爭奪家產，在外面又不擇手段的去謀取某種非正當的利益。就在這同時，居然也有一位年輕的楞小子，如孫建江者，他傻傻的站在高高的高崗上，用他那銳利而愉悅的眼目，注視著中國兒童文學一百年的興衰與變革。他這個人，對中國兒童文學所作的貢獻，叫我肅然起敬。連帶著，我也要向江蘇少年兒童出版社，致上由衷的敬意。

木子於美國加州

木子致函孫建江

建江：有幾篇屬於評論性的序文，都是木子所敬重，收進散文選集，可作恆久紀念。還有幾篇，像伯吹先生、汛濤先生、煥彰先生等的評序，準備等到還有出書機會時，再作打算。木子敬重的序者，除煥彰（他客氣一定要稱呼李大姊）外，都只見面一、二次，但在內心裡卻是久遠的。

「薇薇夫人」是莒軍（樂莒軍）大姊的筆名，她是林良先生後續的國語日報社長，曾任李登輝時代國策顧問，也是國語日報文化中心主任、（忙時）手裡主編兩刊物、兼寫兩個專欄，木子早年是薇薇夫人的讀者，對她仰慕。她，為人謙遜，是美女也是才女！

木子因投稿而與之結緣（許多年之後才知她是主編，文稿多由薇薇夫人發稿，也曾為作品有過通信）。早幾年，木子有意出此散文集，邱各容先生建議，薇薇夫人寫序，他就出書，她，（當時）大忙人，木子不該煩她寫序。但是，序寫好了，書卻沒有出成，就這麼放著好幾年，現在由「秀威」出版，有些題材怕也過時了，讀一讀序文就好了，其他各篇，要是累了的話，催眠大概還可以。

謹頌 闔府康泰 事事順利

木子 2/8/06

12. 紀念一位兒童文學界的苦行者
——洪汛濤先生

　　2001年十月，文友冰子先生從紐澤西打電話給我，他說，看到一份中文報報導，洪汛濤先生因為心臟病突發……等等，他已經打了好幾通電話到上海，想和洪先生家人取得連絡，但是，電話沒人接。因此，無法求證報上報導的消息。就在那年七、八月間，冰子曾經回去上海，在他出發之前，我和他通過信，當他從上海回美，也給我一信，同時寄來一冊過期的兒童雜誌「課外生活」，信中冰子說，這雜誌是洪先生親手交他帶給我，因為，該份刊物，刊有我的作品。也就是說，冰子這一趟回上海，特別到過洪先生府上探訪過汛濤先生，冰子說，當時看起來，汛濤先生的精神很好，一點不像有重病在身的樣子。但是後來，若是心臟病突發就很難說。

　　那時我不知道洪先生家人的尊姓大名，只好寫信給浙江少兒出版社孫建江先生，向他探聽求證，並寄去可兌現的支票一張，（如果報導屬實的話）煩請建江先生轉交洪先生家屬，為我代備花圈祭奠洪老，遙隔山海，對著我所景仰的先輩，這應該是我那一刻的心願之一吧。

　　接著，收到建江、冰子來信，都說洪老的仙逝，是中國兒童文學界的損失，而且叫人感到意外，因為，許多朋友

都知道，汛濤先生健康情況尚好，而且還有很多工作正在繼續進行中，就像：「神筆馬良」的續篇，「童話學」的台灣篇，以及已簽約的作品卡通動畫等，皆未完成，怎麼可以不說一聲就走了呢？再後來，我也收到傷痛幾近崩潰的洪夫人——馮佩霞女士——的來信，確定汛濤先生是在九月二十二日，因心臟病復發，溘然長逝，叫身邊的家人、親友，得不到一絲一毫的心理準備。我想，這也許是細心的汛濤先生不肯連累家人的刻意安排吧？

我認識汛濤先生，是在1990年五月，那年，我應林煥彰先生的邀請，參加在湖南長沙召開的「第一屆世界華文兒童文學筆會」，當時，汛濤先生負責在機場接待我們這些來自海外及港、台的文友，也可以說，汛濤先生是我見到的第一位中國大陸作家。

我自己因為在寫作上起步甚晚，對於兒童文學和童話的概念相當模糊，幸好陸續研讀到汛濤先生的「童話學」、「童話藝術思考」論說性的著作，好像挖到金礦似的，書中盡多的是金玉良言，我的模糊概念才漸漸的清晰起來。這兩本書後來成了我的案頭書，常常都要拿起來翻一翻。還經常有些不解的問題，總要再寫信去向汛濤先生請教。我自認為，在這兒童文學的天地裡，我是一個剛剛起步的幼稚班學生，而汛濤先生則是滿腹經綸大師級的學者、專家，在他的作品及論著中，處處呈現出滔滔不絕排山倒海的學問，而我只是一張小小的吸墨紙，無論如何也吸收不了那樣多量濃稠的墨香。

　　之後，保持通信連絡、也研讀汛濤先生童話作品、理論專著，或他人的評論與報導，我瞭解到，汛濤先生是從二十世紀四十年代晚期開始，即已投注心力造福兒童與兒童文學，無論在作品創作方面、編輯方面、論評方面、協助講習創刊、參與評審頒獎、接待各方文友、推動兒童文學交流……等等，盡心盡力，常常席不暇暖，經常國內外各地奔波。

　　依照兒童文學史料研究者邱各容先生的估計，汛濤先生的創作及編著作品計八十餘種，總字數約有五百萬字。僅大部頭的一部《童話學》即已四十一萬字（此書並未包括編著者個人作品，亦未列入台灣地區的童話及評論）。其作品「神筆馬良」最為膾炙人口，不但多種版本國內流行，印成畫冊，拍成卡通動畫、電影等，也翻譯成多國文字，國內外多次獲獎。大陸中生代兒童文學評論家孫建江先生用兩個字來形容汛濤先生在童話界的成就，他說：「了得！」

　　回想1999年五月，我和兒女一起前往南京、上海等地旅遊，建江先生特地從杭州來到上海，他為我們帶路，和我們一起拜訪了汛濤先生，當時所見，汛濤先生風采依舊，只是有些消瘦，頭髮花白而已。談話間，他和我們相約，要我們下次再去上海，無需跟團，他是當地人，由他安排當更妥貼，言猶在耳，老人家卻就如此失約了。

　　2001年，美國遭遇「911」恐怖攻擊之後，我還收到汛濤先生的信，信中譴責恐怖份子，擔心此類驚爆事件將對世局帶來深遠的不良影響。信中沒有提起他自己的病，卻說海音大姊也正因病住院中，不知如何慰問？

　　這許多年以來，從閱讀汛濤先生的各類著作以及來往的信函中，我更是了解，為了造福兒童、繁榮兒童文學，汛濤先生他像一個揹負著千斤重擔沿途托缽的苦行者，山重水遠，行腳不歇，想的，說的，做的，唸頌的，都是無止無盡的童話經，聲音幾近嘶啞，腳底或已起泡，視力也很模糊，只是仍然不肯停歇。

　　汛濤先生更是一隻春蠶，在童話的世界中，他苦思探索，直到那最後的一縷細絲也吐盡了，仍流露出不少遺憾；遺憾我們的國家，沒有能夠設立一個更大型更公正的兒童文學獎，遺憾這許多年過去了，「第二屆世界華文兒童文學筆會」沒有著落，遺憾兩岸的某些兒童文學獎因故停擺，遺憾兒童文學作家們沒有更多園地……

　　為了繁榮兒童文學，汛濤先生，您確實太累太辛苦了，請放下這個沉重的擔子，就在天上的家歇息歇息吧。您所牽掛的事，讓更年輕的一代，在您的庇蔭與祝禱下，一步一步去成長，去完成，好嗎？請好好安歇。

13. 我在大陸唱國歌

　　女歌手張惠妹在中華民國第十任總統、副總統就職典禮中唱國歌，引來意外的撻伐與抵制，令人有些莫名其妙。

　　我是喜歡聽歌勝過聽演講的人，我覺得聽張惠妹唱國歌要比去聽新總統的演講精彩動聽許多。我心裡正在想，歌星就是歌星，她唱的國歌要比一般人唱國歌好聽千百倍，為何會惹來莫名其妙的是非？實在令人想不通。

　　在台灣居住的人多半都會唱國歌，早年在大陸上過學的人自然也會唱，學校裡每天升降旗、每週週會都要唱國歌，不會唱國歌倒會被人看成頭腦有問題了。

　　我現在要說的是兩岸開放探親以後的事，我怎麼會跑到大陸去唱國歌呢？

　　事情是發生在1990年，大約在那年二、三月間，我在洛杉磯收到林煥彰先生發函邀約，邀我去參加在湖南長沙召開的第一屆世界華文兒童文學筆會，我即時回了信，確定應邀赴會。因我是從美國起程，到達大陸與離境的日期不能與台灣的團同步一致，會期前後都有兩天的時間我個人必須單獨行動。會後台灣的團友已經先行離境，我一個人在廣州多停留了兩天。既然在廣州有多餘的兩天，我就請我的導遊小姐，為我包了一輛計程車，我想利用一天的時間，走訪幾處重要的文化景點，像黃花崗七十二烈士墓、國父孫中山先生故居、黃埔軍校等等。黃埔軍校內有一個廣場，設立有國父

銅像，銅像的基座上，嵌著一塊有國歌歌詞的銅牌，我抬頭仰看著國父的銅像，也順便看看國歌歌詞，導遊小姐站在我旁邊，她當時問我：「李媽媽，你會不會唱這國歌？」我說：「會。」說完，我就唱給她聽，以她在大陸成長，二十多歲的年紀，諒她是不會唱的，計程車司機是印尼回國華僑，自然也不會唱。他們聽完我唱的國歌，兩人一起鼓掌，導遊又為我拍了紀念照，就離開了。沒有人去想唱了這國歌會有甚麼後果。

由於張惠妹唱國歌招惹非議事件，又讓我想起十多年前我在大陸唱國歌這件好玩的事，那年是六四天安門事件後的次一年，或許有些敏感吧，但我並未被人找麻煩，那是因為我不是歌手，而且我的聽眾只有兩個人。

我倒很想給張惠妹一個小小的建議，我覺得，她可以出一張國歌專輯，把世界各國好聽的國歌都收集進去，當然也包括台海兩岸的國歌，或許她的專輯可以大賣，我相信「義勇軍進行曲」由張惠妹來唱，也一定會很好聽的。

14. 何不給自己頒個獎？

　　他們這一家人，不以為自己有特別高超的甚麼本領，不知為何「獎先生」這般眷顧？常常飛進他們家，或許只能說與獎有緣吧。獎狀、獎金、獎牌、獎杯、獎品、獎勵函等等等等，少說也有一籮筐。

　　大兒子讀國小階段，絕對不知道「用功」一辭的含意，玩，才是他很重要的功課；他也不知道「獎狀」是啥意思？不過是一張有著自己名字的印刷品吧。國小六年，三易導師，都給他獎，品學兼優、各種比賽的獎狀二十多張，有長輩逗趣說，「貝貝，你這小神童，恐怕連摔一跤爬起來都會撿到一張獎狀吧！」貝貝很不高興，一本正經地質問老媽，「媽媽，是不是你告訴人家，說我摔一跤撿到了獎狀？」媽媽偷偷的笑，把貝貝的獎狀釘成一個冊子。

　　若干年之後，這孩子長大了，討個媳婦，又和媳婦一起得獎。緣於他們都在高樓上班，乘電梯又久坐電腦前，顧慮長久少運動，健康會出問題，於是選擇性多爬樓梯，練出腿力來，夫妻兩人加入慢跑俱樂部，許多活動，都與跑步有關。假日，總在體育場、河濱公園、貓空、草嶺古道，鍛鍊自己的腿力與體能。雙雙開始報名參加小型馬拉松，出發點在於健康與樂趣，並非以得獎為目標。多跑跑，就會有深層的體會，他說，原來跑步也會上癮，每每跑上四十分鐘以後，不再喘不過氣，反而感到腳步有一種穩定的節奏，整個

身心十分舒暢，十分和諧，精神沉澱下來，心理上進入忘我的境界，產生淨化心靈的功能，這比得獎更有意義。

早些年參加慢跑者常會遇上馬市長，馬市長也參加慢跑，且常是台上的頒獎人，如今馬總統好像沒有多少外出跑步的自由了。

他們家的女兒，是繪畫藝術的領域，小時候參加繪畫比賽，也常得獎，後來從事動畫，來美歷練許多年，當上電視卡通動畫導演，1999年獲動畫導演艾美獎，聽說華裔獲此殊榮者，可以數得出來，她把金色天使的獎杯獻給爸爸媽媽，媽媽忍不住誇她幾次，她總是低調地回應，「沒甚麼，沒甚麼，高興一分鐘就好了。李安學長的得獎，才是國際電影界的華人之光。他的才華與態度，是我的精神導師。」

他們家的爸爸，得過許多獎勵函，他說不想多提當年之勇，那就一筆略過。

他們家的小兒子，並不嗜酒，卻報名參加調酒比賽得獎，可惜無意入行專業調酒師，只喜歡業餘調一杯好酒給親友品嚐。

他們的媽媽呢？她說，做學生時，作文時常「吃大餅」（丙），到了五六十歲年紀，開始學習電腦，一字一字敲出自家孩子的搗蛋故事，名之為「少年小說」，或也可以說是「小兒科」之類的作品吧？意外得了首獎，莫大的鼓勵，十多年下來，算算，她在兩岸獲獎也有九項了。不過，頒獎典禮她只出現在第一次，後來都不好意思去領獎，媽媽覺得自己的年紀一大把了，看起來不像得獎人，倒像是一位頒獎人。

家的老三不是得獎，是中獎！在台灣成年健康男生
服兵役，服兵役開坦克車（戰車）已是少數，開坦克車撞
上電線桿也不多見，倒下的電線桿又壓毀了農民的果菜園，
其過程只有驚險卻無傷亡，這不是比中獎還幸運嗎？中獎以
後如何善後？說起來話長。這可是老三難忘的記憶；他還
會眉飛色舞地對朋友說起怎樣中獎的詳細經過，聽者無不
滿頭大汗！

因此他們家勉強說得上是得獎之家，得獎對他們來說，
有生活的調劑；也有意外的驚險！

蘇俄文學泰斗托爾斯泰，他的作品，一直都站在諾貝
爾文學獎的高度，遺憾的是，托翁生前竟有三次入圍而未獲
獎。一個世紀過去了，他的大名仍然響徹雲霄！

得獎是可以實現的夢想，不必等待，參與就有機會。

人人都可以頒獎給自己，如果某一天過得充實、健康又
快樂，何不給自己頒上一個獎？

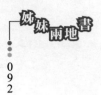

15. 小時候胖不算胖

　　那時，都快要五十歲了，偶然的心血來潮，或許有些無聊吧，抓住那感覺，揮就一篇隨筆短文，寄給某副刊，不數日，即見報。興奮之餘，接著寫，繼續投稿，都沒有被退，有些文稿，還被轉載。現在回想起來，沒有寫作經驗的我，哪裡就能夠創作充滿新意的作品？要不，只是因為當時編輯手邊沒有存稿，所謂蜀中無大將，才會選上一個廖化暫充一下先鋒罷了。

　　後來，一位畫家朋友，有一天突然問我，他說：

　　「某某，你會不會寫兒童故事？」

　　「不會，從來沒寫過。怎麼樣？你問這個幹嘛？」

　　「我幫××刊物畫插畫，聽主編說，最近稿源很缺，你要不要試試？寫好，交給我，我拿去給主編看看。」

　　被他這麼一邀，我即將二度權充「廖化將軍」了。

　　說寫就寫，開始動筆了，寫好，沒敢交給熱心的畫家朋友。稿子放在抽屜裡，有空就拿出來看一看，修修改改，左看右看，不能確定，自己剛生下來的這個孩子，他的名字可不可以叫做「兒童故事」？一方面，我又慫恿自己懂美工的女兒，想叫她幫我配插畫，女兒勉為其難地畫好了，我把自己寫的故事和女兒畫的插畫放在一起，寄給我長年訂閱的日報兒童版，一星期之內，圖、文一起刊出，並獲兒童版編輯來函邀稿。這証明，我初生的這個癩痢頭孩子，其模樣還看

得過去？如此糊里糊塗的走上寫作之路，而且，還常常以初生之犢的姿態，參加各類徵文，也迷迷糊糊地獲獎、出書，這些都算是好漢的當年之勇了。

慢著，慢著，我現在要說的是，小時候胖不算胖，前頭走得順利不等於後來也能一帆風順。退稿可都是後來的事。

為甚麼會遭遇退稿？我個人最可能的原因之一，是因為自己沒有甚麼長進，老套，很白，是真正的「白話文」，沒有文藝腔。張系國的文章，也很白，但是，他的文章，有笑點、自謔式的幽默。所以他的文章，從他年輕到現在的「銀髮族」，我都喜愛閱讀。文章的技巧可以學習，個人風格，學不來。要不然就不會只有一個張愛玲了。

其次，投稿園地很擠，高手太多，編輯每天八小時窩在悶熱雜亂的「廚房」，要是我，早都煩了，人家還得耐著性子，把所有送來的菜餚，一一的品嚐，是好菜才端上台面。材料不夠豐富，技法不夠精良，不合大眾口味，包裝不夠精美，境界、深度都有瑕疵的，就被評比了下去。如此，讀者食客就有福了。我自己就是手下很拙，口味很挑剔的笨廚娘，雖然自己辛辛苦苦做起來的大菜，一股腦兒被倒棄了，可我還是非常愛吃豐滿細緻的「盛宴」。無可奈何，趁早讓賢，也不再死心眼地磨刀霍霍了。

對於退稿，我是不嘆不驚，因為還有許多遊戲等著要做，我常把自己喜愛的好文章，剪下來，自己做編輯，分類貼成小冊子，做為免費的夜課讀本；對於我讀它四、五遍仍然不知所云的文章，也剪下來，影印數分，寄給文友，奇文

共賞，請文友們一起解讀，若文友們也看不懂，開始批評，我就可以在兩個極端之中，學習長進，到底已是古稀之年，若不動腦，老年癡呆隨時就等在我身邊。

閱讀報紙副刊，也好比觀賞球賽，遇到精彩的好球，我這老球迷必定聲嘶力竭在場邊大喊「好球！」「加油！」

想像中，副刊場邊的文迷不計其數，有時太投入，難免技癢，想自己上陣，悄悄的踢上一球，又被眼尖盡責的守門員，毫不留情的給擋了回來，自然掃興。掃興歸掃興，還有事情可以做，盡速加入退稿文迷俱樂部，把老花眼鏡擦擦亮，等候在場邊，逗留磨蹭，諸君看準了，一看到編輯小子（年輕，不是老編）開始打瞌睡，就狠狠的踢它一球！不亦快哉！

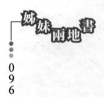

16. 無心插柳話移民

　　我在1948年從福建到台灣探親，因時局的變動，回不去了，這應該可以算是一次無心的移民？

　　在台居住了四十年，以為自己就這麼終老在台灣，沒想到，怎麼會在望六之年來了美國，在此之前，不曾做過移民的夢。

　　另一半曾在駐台美軍單位端過將近二十五年的洋飯碗，由於他的這個經歷，有資格可以申辦移民，但在當時，對於移民的事，我們並不熱衷。

　　駐台美軍撤離之後，先生失業多年，想想閒著也是閒著，何不試試移民美國？依照合法的申請程序，沒花多少錢，終於辦成。我們夫婦來美時的年齡，已是望七、望六之年。這樣大的年紀，移植異國他鄉，需要勇氣，沒有甚麼夢想，只希望有一個生存的窗口，總好過在國內的長遠失業。

　　來到美國，先生找到的第一份工作，在楊氏海產公司賣蝦子，這公司只賣三種海產，魚排、蝦子和干貝（scallop），陌生的行業，不容你挑選等待，有工作趕快去做，新上工，先生負責向中餐館推銷蝦子，老闆給了一疊中餐館的電話號碼，只要坐著打電話，打完一家接著再打另一家，他想，這有甚麼難？不過打電話嘛，誰知道，這事也有其難度，打了一個月的電話，每一分電話費，可都是美金，結果，一隻蝦子也沒賣成，猜猜看，為甚麼？謎底是，中餐

館習慣上使用帶殼生蝦做食材，不用去皮熟蝦。不是先生不肯努力推銷，美籍白人老闆（Roger）也很無奈，發給先生一個月薪水，要走人了，先生只好用才領來的薪水，向公司買了一箱蒸熟的大蝦，以示回饋，自己吃不完，分贈給鄰居和親友。

孩子們都還在台灣，我暫時做起空中飛人，台、美兩地飛來飛去，這期間，我們已經開始為成年子女申請親屬移民。

等待移民排期是漫長的，終於在 1990 年全家在美團聚。

初初來，首先看到的是「大」，相對於台灣來講，我們只覺得美國這個國家的領土真是大，這種大，在我們心中起了很大的震撼，覺得自己很像小地鼠，一時不太適應這麼大的天地。之後，各自調整腳步開始打拚了，年輕人比老年人容易適應，像每一個新移民一樣，開始打工、考駕照、學語言、進學校、考專業執照……等等等等，孩子們逐漸地找到了各自的方向。

女兒是在台灣完成大學教育，藝術專業基礎還算扎實，她一向醉心於動畫，在台灣服務於動畫代工公司。初來美，只能先去從事美工工作，不久考進卡通動畫公司，從基層做起，而後步步升高，六年後當上電視卡通動畫導演，1999 年獲電視動畫導演艾美獎。兩個兒子從事電腦工程從業人員，並且繼續研考專業執照。十多年一路走來，兢兢業業，一步一個腳印，不敢懈怠，沒有僥倖。

筆者個人以為，移民有移民的條件；合法移民都已經很辛苦，何況非法？後來讀報，從新聞得知，不少人一開始就

　　走違法的險徑，千辛萬苦借貸偷渡，據報導，偷渡費用年年
調漲，偷渡者要籌借六七萬美金給蛇頭，而後像是人蛇集團
的人質，有些人高利貸的債務尚未還清，就已經出事了。其
實美國國內窮人也多，並非日子多麼好過，千萬別被人蛇集
團誤導和鼓動。

　　合法移民者，入境要隨俗，最起碼要知所守法，肯努
力，正經幹，順勢從事自己能力範圍以內的行業；除此之
外，不能忘記，互相提醒、叮嚀，一旦做了一個大國家的公
民，要逐漸培養起大國民的心胸與氣度，如果這些都做不
到，還說甚麼二十一世紀是誰的世紀呢？

17. 丟了班機　掉了機票

　　十多年來，我們在各地旅遊，發生了兩件意想不到的事，一次是丟了班機，一次是掉了機票，但都不是我們自己的錯。

　　1988年五月，我們夫婦要從台灣前往美國東部Ohio，不知道怎麼走法？就把買機票的事，交給旅行社去安排。

　　旅行社的職員說，坐聯合班機可以一票到底，經過日本羽田機場停一下，由西雅圖進關，轉機到芝加哥，再轉機到匹茲堡，就很靠近目的地了，接機的人到匹茲堡機場接人就行了。旅行社把一站一站接駁的時間也都計算進去，有的機場要等三小時，有的機場等兩小時，芝加哥歐海爾機場，等候的時間最短，只要等四十分鐘，我們想，這樣很好，就依照旅行社這麼安排了，然後，寫信告訴Ohio的朋友，把我們到達的時間也告訴他。

　　誰知道，班機在芝加哥降落時延遲了十分鐘，這一下，轉機的時間只剩下半小時了，想想，應該還來得及吧，依我們老土的想法，轉機，不過從這個機門下來，到另外的登機門上機，哪裡會需要半個鐘頭的時間？

　　錯了，我們是用台灣中正機場的大小比例來估算的，芝加哥歐海爾機場，不是普通的大，它是太大了，而且班機降落的機門和我們要轉機的登機門，不在同一個建築內。

趕快向櫃台人員探聽，依照他所指示登機的建築物，要坐機場內的地鐵才能到達。凡是用腳走的路程，我們都拼命的跑，好像007情報員，後面有殺手追殺似的，然而，追殺我們的，是每一秒鐘的時間。

到達登機區登機門了，1、2、3、4…25、26、30…49、50…89…91、92…終於到了，但是，往匹茲堡的登機門，已經關上了，從窗口望去，我們的班機正在向後滑動，退後，退後。我們找櫃台小姐，告訴她，我們是這一班班機的乘客。這時候，陸續還有四位乘客氣喘吁吁的跑來，想來他們的情形是和我們一樣，都是從西雅圖飛來的同班機的旅客。一位男士，看到登機門已經關上，班機正在後退滑動，他氣得用手拼命捶打登機門，嘴裡不斷的發出叫罵聲。櫃台小姐看到有六位乘客未能及時登機，立刻用無線電電話，連絡班機機長，要機長把飛機再滑回來，讓我們幾個旅客上機，但是，機長不肯。我們眼睜睜的看著自己的班機昇空揚長而去，就這樣，我們丟掉了這一班班機。

還好，外子的語言可以講得通，他繼續跟櫃台小姐交涉，告訴她，來不及登機，不是我們旅客的錯，是西雅圖飛來的聯合班機，延遲降落，給我們轉機的時間，根本不夠，現在怎麼辦？我們要櫃台小姐協助我們想想辦法。櫃台小姐立刻打電話向上級請示，交涉的結果，聯合航空願意讓我們改搭次日早晨五點鐘飛往匹茲堡的班機，航空公司並提供免費晚餐與當晚旅社住宿，及一通十分鐘以內免費的國內電話，讓我們通知接機的明友。

　　對於聯合航空為旅客這樣負責任的安排，除了感謝之外，我們自己多少也有幾分不幸中的幸運吧？

　　1997年四月，我們夫婦帶著女兒跟團從洛杉磯前往大陸旅遊、探親，並與由台北出發的大兒子、媳婦相約在西安會合，然後同往洛陽探親並觀賞牡丹。

　　在北京，由全陪幫我們確認回美機票。想不到，全陪把女兒的那張機票弄丟了，導遊丟掉旅客的機票，是很嚴重的失職，但是，這位全陪處理事情很離譜，他用的是耍賴的辦法，他不承認我們交給他的是三張機票，現在問題是，機票交給他時，沒有寫下收據，雖然我們有六隻眼睛看著他拿走了三張機票，卻爭辯不過他不承認的一張嘴。重要的是，我們要在三五天之內辦好補票手續，這比和他爭辯更緊急得多。

　　全團的朋友都知道我女兒的機票被弄丟了，大家都為我們著急，替我們想辦法。而最好的辦法，就是導遊要趕快打電話到他所屬的旅行社進行補救。全陪也答應要幫我們打電話，一直到旅遊團離開北京，到了西安，全陪都沒有給我們肯定的回話。女兒只好自己打電話到上海總公司，老闆很負責，他說已經在進行補票當中，一定趕得上，要我們放心，不過，補票的錢，旅客要先行墊付，自墊的這筆錢，要等回到出發地點才能退還。

　　遊畢西安，旅遊團的下一站是上海，團員們比我們先一步離開旅館，剩下的只有我們一家人尚在旅館等待前往洛陽的快車。結賬的時候，又有怪事，訂給我兒子、媳婦住的

　　那間房間，這位全陪打了一百五十多塊人民幣的電話未付費（這房原是為我們訂的，兒子住房前是全陪住）。現在全團已經走了，追不回來了，旅館把賬算在我們頭上，我們也只有付錢自認倒楣了事。

　　大陸的好山好水，被低劣的旅遊服務品質，這麼樣的來糟蹋，真叫我們見識到了。

18. 每天做兩個饅頭

　　有人曾經每天只做兩個饅頭，一個饅頭做它一個半小時，兩個饅頭要做三個鐘頭。這個做饅頭的人是誰？她是蘇翠屏女士。她為甚麼每天都要做兩個饅頭？這要先說說那一場車禍。

　　蘇女士，我在多年前就聽同事提起過她，但原先我並不認識她，那時候只認識她的先生——馬景賢。我的同事告訴我：「馬先生的夫人很漂亮，是個大美人。可惜，不久前出了一場嚴重的車禍，車禍後不能走路。」那時，同事只告訴我這麼一點點，我也沒有多加追問。後來，我出國了，很少住在國內。

　　有一次，我回台探親。應邀參加一個兒童文學的集會，集會的主題很溫馨，邀請函上打著：金秋慶豐收——「千歲宴」——向資深兒童文學工作者致敬。這是兒童文學界的盛會，當天，我準時出席。

　　在會場門口，我遇見在兒童文學界大有名氣的馬先生，馬先生把我帶到他的夫人旁邊，介紹我們認識。午餐過後，有一段休息時間，馬夫人和我聊起當年車禍的事。她回憶說，車禍發生之前，她和一位鄰居太太騎著腳踏車，從斑馬線過馬路，突然，一輛計程車快速的駛來，撞了一下，她的身體立刻被高高的彈起，再重重的摔下，她甚麼也不知道了。醒來時，已在醫院的病床上。那時，她三十八歲。

在病床上昏昏沉沉，全身劇痛，右半邊的身體不能動彈，嘴裡的牙齒，經這一撞幾乎全已掉光，兩條受傷瘀血的腿變成青紫色，以致於她在車禍之後的許多年，都不敢去買茄子，因為，一看到茄子，就會聯想到她車禍中瘀紫的兩條腿。

醫生檢查結果，沒有骨折，肌肉、神經受傷嚴重。不能坐，不能站，更別說起來走路了。

躺在病床上，她想著，會不會就此癱掉了呢？如果癱瘓了，她真的不知道如何去面對自己的未來。由於不能自主的轉動，她右邊的肩膀、手臂、胸、腹、腰部等等的肌肉，已經出現萎縮的現象，連呼吸都很困難。醫生說，無論如何，一定要多動，不動的話，真的會癱瘓。開始時，靠著旁人的協助，每天試著翻翻身，動動手腳，掙扎著爬起來。站不穩，就把脊背靠著牆，讓身體不致於馬上跌倒，像小孩子學走路一樣，一寸一寸的移動，不管受傷的部位有多疼，她咬緊牙根，半步半步的挪動。

住院一個月了，主治醫師給她安排復健治療。最初的復健方式，是提舉沙袋，把沙袋綁在右手臂，慢慢的舉起來，然後慢慢的放下。沙袋的重量，開始時是半公斤，然後逐漸增加沙袋的重量，一公斤、一公斤半、二公斤，一直要增加到五公斤，慢慢做，反覆地做。還有一種復健的功課是，面牆而立，用手指頭爬牆，慢慢的爬過頭頂以上，再慢慢的將手指爬下來。這兩種復健治療，交替的做，之後，還有熱敷。出院以後，回家仍不能中斷。她說，她多麼羨慕能夠自由自在行動的人。

　　蘇女士說，這些復健的功課，她很努力地做，每天都做到汗流浹背，手腳發抖，但是，每次回到門診去複檢，醫生總是不滿意，總是說她，嫌她做得不夠認真。怎麼辦呢？她心裡明白，醫護人員是為她好，期盼她能夠得到更好的復健成果。離開門診回到家，她只有更努力，總之，每次都要做到精疲力竭。有一天，她對先生說：「車禍當時沒有把我撞死，現在，做復健會把我累死。」她的先生很無奈，但是又有甚麼辦法？到底這種復健治療是沒有人可以替代的呀。

　　漸漸的，好像變成一個逃課的孩子，面對著這樣嚴苛的復健功課，產生了排斥與恐懼的心理，她怕再見到醫生對她復健效果失望的眼神，她幾乎已不敢再到醫院去複診了。

　　身為家庭主婦，她有好多家務事要做。她的腦筋一轉，找出一種她可以承受的復健辦法。首先，她開始多多的擦地，從前用拖把拖，現在用手擦，弄一盆水，一塊抹布，坐在地上，扭乾抹布，用傷重的右手，一下一下的擦。開始時她的右手還不靈活，這沒關係，她就是要擦，到處都擦得乾乾淨淨。擦完地，等麵糰發好了，做饅頭，只做兩個。她用不靈活的右手揉麵，一下一下慢慢揉，這個麵糰揉一揉，放著，再揉另一個，兩個麵糰輪流的揉，像做藝術品似的，兩個麵糰各揉它一個半鐘頭，揉好了放進蒸籠去蒸。到了晚上，先生下班，孩子放學，大家都有好吃的大饅頭可享用了。每天都用同樣的辦法，花同樣的時間，去做兩個藝術的大饅頭。她不記得到底已經做了多少個大饅頭，總之，她的手越來越靈活，有力量了。她可以用右手給自己梳頭了，許

多家務事也可以自己打理，不用再麻煩鄰居和親戚幫忙跑腿買東西了，她的內心充滿了喜悅。她說，她是個非常樂觀的人，煩惱在她心中最多只能停留幾分鐘，這種樂觀的心境，對她的病情極有幫助；她也不愛抱怨訴苦，更不願因為自己的不幸，影響了家人的情緒和日常的生活。她希望一切能像從前，未曾發生車禍之前一樣的平靜。

擦地擦呀擦，饅頭揉呀揉，身體情況越來越好，她可以出門上街了，出門上哪兒去呀？她去學游泳！她買了一張溫水游泳池的年票，從來不曾下水游泳的她，只是想能在游泳池裡泡泡水就很高興了。她把早晨的家務盡快的處理好，等先生上班孩子上學以後，她就去游泳池報到。她站在游泳池邊泡水，先看看人家怎麼游？問問人家如何可以把身體漂浮起來？看看人家如何用腳撥水，她也趴在水中撥水。

姿勢和動作不太對，她自己慢慢地糾正，凡是在游泳池中游泳的朋友，她都當成是自己的老師。慢慢地，可以向前游了，起先只能游50公尺，然後100公尺、200公尺、300公尺……，蛙式、自由式都試試看，每天可以固定游上1500公尺了。純粹是自我的一種鍛鍊，沒去管游泳的速度如何。

除此之外，她每星期兩次到瑜珈教室學瑜珈。她說，還好她不是職業婦女，要不然，這些復健與運動，如何能做得到呢？

為了復健，這一路走來，無限艱辛，終於，她已逐漸走出車禍的陰霾。後來，除了氣候轉變時全身痠痛之外，別人已不

能從她肢體的行動中看出她曾經出過嚴重的車禍。她早已不需要每天揉饅頭了，不過游泳和瑜珈她會一直持續下去。

蘇女士以非常欣悅的語氣說，這一場車禍的苦難，帶給她許多的人生體驗，除了感謝救助她的醫護人員，也感謝鄰居朋友的協助，以及親情的支持。

我覺得她自己的樂觀與毅力也很了不起。更了不起的是，她有一顆寬容的心，當我問她：「妳還恨不恨造成車禍的司機？」她說：「恨他也沒有多大意義，其實，那個司機也很慘，因為，他從南部北上，開計程車才一個多星期，就出了這個意外；而且在肇事之後，他沒有逃避責任，立刻把我送去醫院，如果送晚了，也許就沒救了。」所以，她早已經原諒了那位不是有意闖禍的年輕人。

蘇女士衷心希望凡是駕車的人，小心開車。她也寄語，和她有同樣苦難的朋友，要勇敢的面對，熱愛生命，不要放棄。

我非常佩服蘇女士的樂觀、堅忍、寬厚，以及她發明了有創意的自己可以接受的復健方式，讓她走出重傷害的困境，我在此祝福蘇女士身心康泰。

19. 我看同性戀

　　婚前我多半生活在女性多於男性的團體中，因此曾經親眼目睹過幾對女性「同志」的個案。

　　第一對年約五十歲上下，兩位都是長字輩的一級主管，也是一流的職業婦女。她們在工作上的表現非常優異，唯一叫人在背後指指點點的，只有她們的同性戀行為。上班時她們是用全付的精力面對自己的工作，可是一下了班，兩個人就像夫妻一樣，同進同出，同住一間房。其中的一位較接近妻子角色，對另一位則恭之如丈夫。只聽說像丈夫的這一位年輕時曾受過異性的打擊，才發誓不再與異性談戀愛。後來與扮妻子的這一位互相傾慕而雙宿雙飛，又剛好她們是事業上的好夥伴，很自然的就結合在一起。也許是為了生活上的互相照應，也許是為了互慰心靈寂寞，終其一生，雙方皆未嫁人。

　　第二對年約三十多歲，也是很出色的職業婦女。當時她們都是某機構的單位主管，她們的情形與第一對有些類似，私生活與工作之間經緯分明，絕不因為私生活而影響自己的工作，反而因彼此的愛慕而相互激勵。其中一位在言語行為上較為男性化，而另一位則仍是女性本色。觀其業餘日常生活，也是同進出，同起坐。得意時彼此分享，失意時相互慰藉。她們曾私下對人表示，要共同去領養一個孩子，她們也同樣嚮往「家」中有孩子的歡笑。後來因為我自己先離開那個機構，不知道她們的願望有否實現？

　　第三對年約二十歲左右，從外型與個性看來，其中一位說話大聲，動作粗線條；另一位則細膩嫵媚。她們經常出雙入對，彼此相隨。人多的時候眉目傳情，人少的時候細語溫存。吃飯時對面而坐。睡覺時常睡一床。那時候我同她們的年紀差不多，也偶爾跟她們同住在一間大寢室裡，由於生活密切，無意間常會看到一些親密鏡頭。更有一次在黑暗中撞見她們相擁親吻，當時倒把我這局外人嚇了一跳。她們在一起大約有五、六年光景，然後各自出嫁。唯扮男性的一方沒有生育。

　　第四對年約十八歲，扮女性的一方由於歲月久遠已不復記憶；扮男性的一方至今印象深刻，因「他」其貌不揚又頗愛吃醋，把「他」的對手看得很緊。經常見「他」提著一把半舊的小提琴，兩人牽著手走向校園一隅，然後坐下來，用「他」那不怎麼動聽的琴音，向她傾訴衷曲。聽過的人都說很像殺豬，但她卻百聽不厭。

　　以上這些往事離現在的歲月都很遙遠了，加上她們也不是很明目張膽，因而無從知曉她們更親密的一面。

　　數年前，我曾在朋友的飯局中遇見一位非常美麗的女士，我們在一起吃過兩次飯，都是朋友請客，我去作陪，大家戲稱這位女士為「漂亮寶貝」。漂亮寶貝喜歡穿露背短衫與長褲，外罩一件半透明的寬鬆外套，顏色是綠黑搭配。她的皮膚白而細嫩，捲髮長而蓬鬆，是所謂的法拉型。眼部化妝很濃，她的那一對眉眼即是一幅秀麗山水，眼波流轉時，隱約可見秀媚的山光水色。淡褐色腮紅，唇型性感。一般女

人多半在耳垂處戴一付耳環,漂亮寶貝戴了兩付,其中一付沒有墜子的K金小耳環,戴在耳翼兩側的邊邊上。當她點頭搖首的剎那,兩付耳環在她髮際叮叮噹噹閃閃發亮。總之,漂亮寶貝對於自身的裝扮很具匠心,又絲毫沒有庸俗的匠氣。她爽朗率性,音色甜美,走起路來婀娜多姿,若以「回頭一笑百媚生」來形容也不為過。

這樣的一位美女,自然會有一些不尋常的艷遇。她說,有一回她遇見一位老外,也是非常美麗的女子。交往以後才發現對方是女同志,不久,這位俊逸的「洋妞先生」就對我們的漂亮寶貝展開了猛烈的愛情攻勢。據漂亮寶貝透露,對方有一個頗為古怪的癖性,就是非常喜歡替自己的對手處理月事細節。一般女性對於處理自己的月事,多感到厭煩而無奈,更別說要替他人料理了,這一點道出了同性戀者與眾不同的癖好。我因為好奇,頗想進一步追問女同志的性生活,終因難以啟齒,而失去機會。據漂亮寶貝表示,她們交往一段時日之後,由於「洋妞先生」又到別的國家去,她們的戀情就斷了。這就難怪,無論圈內圈外的人都把同性戀者形容為易斷的玻璃圈了。

同性戀鬧糾紛的例子時有新聞,最著名的當推美國網球明星金恩夫人與她女秘書之間的恩恩怨怨。當年這一則同志反目成仇的新聞,曾經轟動世界體壇,她們成仇的焦點好像是因為她雙腿殘廢,而「他」則動了拋棄之念,並且不承認過去對她的種種承諾,包括「他」送她的房子在內。這一樁奇特的案子纏訟了很久,後來不知道如何了結?

社會版新聞也時常報導，因同志一方的變心，而演變成毀容與情殺的命案，可見同性戀的佔有心態也很強烈。

同性戀之所以會成為事實，還是因為雙方都有這種意願；至少其中有一方是主動的，而另一方是被動。如果被動的一方一開始就不接受這種事實，這一類事件就可以避免。我在女校讀書的時候，在我們班上也有一位看起來很男性化的同學，身材高挑，相貌俊逸，為人隨和，做事乾脆。同學中有比較早熟或有同性戀傾向的人，都把她看成男性，有人或明或暗地把她當成愛戀的對象，但我們這位「白馬王子」沒有那種感覺，終因一個巴掌拍不響，沒有把她扯進那個圈圈，這說明本身的定力非常重要。

關於男同志，只聽說某人與某人是，因沒有長期目擊的資料，而沒有實例可舉。

據說有少部分同性戀的人是因為身不由己，他們在先天上有問題。同性戀到底有沒有遺傳因素？至今沒有定論。所謂先天有問題，是說此人在內分泌上或基因方面異於常人，因而造成他只能在同性間才能得到性的滿足。有些則是後天環境所造成。後天環境包括家庭環境、教育環境、社會環境等。這一類的同性戀者常因外界的環境引誘，加上自身的好奇，互相感染學習，以致越陷越深。生活在單性團體中的人，因缺少與異性接觸的機會，也很容易產生偏差的戀愛行為。不過，這一類的同性戀者，一旦時空改變了，他們的同性戀行為就隱藏起來，甚至整個地消失了。

　　一個人的個性、長相跟同性戀也有著相當的關係。有些男孩生來身材瘦小、面白無鬚、膽小害羞，這樣的人很容易變成男性同性戀者中被動的一方。如果女性中有體格高大、不施脂粉、性格與動作都像男子者，這樣的女孩對正常的男人一定沒有多少吸引力，久而久之，她們就會漸漸轉變成女性同性戀中主動的一方。因此，如果硬是說同性戀者是同性相吸，異性相斥，這種說法也難成立。因為一對同性戀者中，必定有一個像男的，一個像女的；我們只能說他們是由於某種身體上的缺陷，或是心理上害怕失敗，而不敢去面對甚而厭惡真正的異性罷了。

　　人類是有感情的動物，無論男、女，誰沒有幾個自己較知心的同性或異性朋友？但是友情、親情、戀情之間，究竟有區別，許多人都有跟親人、同胞姊妹、同胞兄弟、甚或同性朋友同榻而臥、同榻而眠的經驗，如果其中沒有戀情的意味，就不會有彼此騷擾、親密愛撫的慾望。否則，其意義就不尋常了。

　　若是要認真地去追源的話，同性戀的許多故事早就記載在歷史文獻與文學作品中，古今中外都不乏真實例證。據記載，希臘的哲學家蘇格拉底與亞里士多德都是古代西方的同性戀代表，中國古代對同性戀的說法是說此人有斷袖之癖。據漢書記載，哀帝與董賢之間有著深厚的同性戀情。記載中說，董賢是哀帝的倖臣，他們有在一起睡午覺的習慣。有一次董賢睡偏了，把頭枕在皇上的衣袖上，皇上醒了，準備起

床，但董賢還在熟睡之中，皇上為了不驚動熟睡中的董賢，乃斷其袖。在我們想像中，古代的人都穿衣袖寬鬆的衣服，旁臥者有可能壓到自己的衣袖，但一下子要扯斷自己的袖子，恐怕沒有那麼容易，也許在當時是皇上示意寢宮裡的太監拿剪刀來剪。

紅樓夢第九回「訓劣子李貴承申飭，瞋頑童茗煙鬧書房。」這劣子指的是賈寶玉。這一回前面寫賈政訓子，後面寫私塾裡的學生鬧同性戀。寶玉生性酷愛美女，但他也愛俊男。寶玉與秦鐘之間，寶玉、秦鐘與另外兩個外號「香憐」、「玉愛」的小男生，都有曖昧不清的同性戀情。但其中寫登徒子薛蟠的一段，卻最為不堪。我們來看看這一段的描寫：「……原來薛蟠自來王夫人處住後，便知有一家學，學中廣有青年子弟偶動了龍陽之興，因此也假說上學，不過『三日打魚，兩日曬網。』白送些束修禮物與賈代儒，卻不曾有一點進益，只圖結交些契弟。誰想這學內的小學生，圖了薛蟠的銀錢穿吃，被他哄上手了，也不消多記。又有兩個多情的小學生……」多情的小學生就是前面說的「香憐」和「玉愛」，都是在私塾中鬧同性戀的小男生。

所謂的「龍陽之興」，指的還是同性戀。龍陽是戰國時代魏國人，因與安陵君之間的同性戀行為而留名。

我個人對於同性戀者一向採取不排斥也不鼓勵的態度，基於客觀的人權觀點，給予適度尊重，更何況許多同性戀者在某些方面也有很傑出的成就。像前述我所親見的幾位女同志，她們曾是某一種行業的領導者。雖然她們的同性戀行為

被人指點，但是由於她們止於一對一的固定對象，自始至終不及於亂，我們難道不應該給予某種程度的諒解與尊重？

　　長久以來，醫界證實，愛滋病（AIDS）的感染與同性戀行為有密切關聯，於今雖集中世界上最先進的醫療科技，對愛滋病的防治仍然無法突破。

　　依據聯合國在發現愛滋病（最早病例為美國洛杉磯五名同性戀男子得了神秘致命之疾，1981.6.5.）二十週年統計，全球大約有六千萬人感染愛滋病毒（性別上大約男女各半），其中有二千二百萬人已經死亡。感染人數，保守預估，每年將新增五、六百萬，其中一半都將面臨死亡。

　　同性戀行為既然是愛滋感染途徑之一，為了全人類的健康著想，同志們還能振振有詞地說這是個人自由，繼而我行我素，坐視危機於不顧嗎？

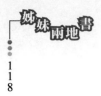

20. 口腔黏膜　三次切片

　　說起我口腔黏膜的病變，真是long long story。十多年前，因右上臼齒疼痛，在台灣看過牙醫診所，牙醫說，把蛀牙修理好，最好做個套子把它包起來，聽醫生的話，做了不鏽鋼牙套，牙齒不痛了。

　　過了兩三年，右頰口腔黏膜開始變異，長出一小片皺皺的白皮，牙醫診所建議去大醫院看，於是去榮總看牙科。一般牙科看過，轉口腔內科，做切片，切片報告，沒有找到特別反常的壞細胞。

　　隨著時間的腳步，病變範圍逐漸擴大有兩公分見方，醫生說，可能是口腔黏膜對不鏽鋼金屬產生過敏，榮總牙醫師要把不鏽鋼牙套拆掉，做黃金牙套。好，做黃金牙套了，但是，黏膜病變沒有改善，繼續惡化。過一陣子，榮總口腔內科又做切片，做切片前先把患部拍照，旁邊有五位醫科學生觀摩，可能主治者是一位牙醫教授，把這種少見的病例作為臨床教學的教材。切片報告出來，沒有找到癌細胞。醫生在此之前曾問診：吸煙？喝酒？嚼檳榔？都沒有。辣椒也僅淺嚐而已。醫生說，「大概不要緊吧？」治療呢？「沒甚麼好治療，開一管口內膠藥膏，刷牙以後用棉花棒沾藥膏擦一擦。」是類固醇口用藥膏，想來是安慰劑吧？黏膜還在惡化中。

　　那時筆者已移居來美，美國看病，分工很細，去洗牙，與牙醫討論黏膜病變問題。牙醫說，既然懷疑是金屬過敏，

黃金牙套也是金屬，何不改做瓷套？有道理，拆掉黃金牙套做瓷套。等候並觀察，又過了一年，不見好轉，牙醫還是得把我轉診口腔專科。前年，又做切片了，依據切片報告，醫生說，目前不是癌，但是，將來有可能癌變。去年，右頰黏膜白皮中間漸漸生出紅色的口瘡來，咀嚼時一定碰到它，會痛，吃東西很痛苦，慢慢吃，一頓飯要吃一個多鐘頭，太硬的東西（五穀米、糙米飯等）乾脆用果汁機打碎了吃。

這期間，定期看專科，右頰黏膜嚴重發炎，沒有甚麼特殊有效的治療。醫師觸診頭部、頸部，並無淋巴腺腫大現象。有藥可治嗎？醫生說，「再觀察，未來難免還要做切片。」

目前為止，已切片三次，真的有點被切怕了，不管國內或美國口腔專科，切片之後，多半只有觀察，並未有效治療，因此，是否再做切片？我猶豫著。

女兒聽朋友說，食用健康保養產品諸如酵素之類，或許有幫助，可以試試。她買來，我就食用，半信半疑，拿自己做試驗，把死馬當活馬醫，每天食用健康保養品。

試用半年，黏膜病變有好轉跡象。之後，換用電動牙刷。刷牙後用 Hydrogen Peroxide Solution（口腔用雙氧水，藥房有售，不用處方。）漱口一、兩分鐘吐掉，漱口過程有白色泡沫。牙醫說，試用無妨，漱口時加不加飲用水皆可。效果很難說。但我發現，剛開始漱口那幾天，從患處掉下一些薄膜。

另外，我也食用L-Lysine，藥局及維他命專賣店有售，不用處方。

　　半年以來，自我觀察，疼痛減輕，紅色口瘡已經痊癒消失了，黏膜上的白皮變得平整，範圍逐漸縮小，咬嚼食物不再皺眉。一場口病，折磨我十多年，誰知道金屬也會叫人過敏？到牙科做金屬牙套者大有人在，早知道自己這麼「特別」，一開始就做瓷牙套，何來許多麻煩？「萬金難買早知道」，眼前不做切片，快樂逍遙。記此謹供同病者切磋參考，個人體質誘因不同，有這方面問題，應請專科診治，不可自作主張。

21. 毒蛇驚魂記

1991年冬天，我一個人從洛杉磯回到台北，回去了就和老三住在新店老宅。

有一天，我在庭院裡看到一條翠綠色的小蛇，因為天氣冷，牠蜷縮成一小團，動也不動，趴在萬年青的綠葉子上。

我叫老三來看，老三看了一會兒說：

「這是青竹絲，台語也叫『赤尾鮐』，因為牠的尾巴尖端是暗紅色的，這是毒蛇。」

老三覺得這蛇翠綠翠綠的，甚是好看，無意去弄死牠，他拿來一根小棍，一個透明的塑膠袋，用小棍子把蛇撥弄進袋子中，當時牠縮成一團，像睡著了似的，棍子輕輕一撥，就進到袋子中了。然後他把袋口捆緊，旁邊扎個小洞，讓牠可以透氣，否則這蛇會被悶死。老三提著塑膠袋又觀賞了一會兒，而後把牠掛在屋子外牆的一根釘子上。我當時以為這蛇快死了，事後也沒有追問小蛇的下落。

沒幾天，老三出國去了，我自然也忘了那條小蛇。

過了一兩個月，天氣暖和些了，大約是三月裡的一個週末，大兒子和媳婦回來和我一起吃個晚飯，吃完飯，媳婦有事要回娘家，他們走了，我開始收拾飯廳和廚房，發現這蛇在我飯廳的櫥架上遊動，口裡吐著蛇信子，我看著牠，牠看著我。

若是平常，家中有人，遇到這情形，我只管大聲一叫，由著先生和孩子們去處理便得。可是此刻，家裡只有我一個

人，兒子和媳婦剛走，怎麼辦呢？我要自己想辦法，不能讓蛇跑掉。

　　一向最怕蟲、蛇的我，連蚯蚓也不敢去碰，過去在院中草地上偶爾也見過蛇，用棍子趕走或是自己躲開就是了。但是今天牠在我屋子裡，如何趕走？不如學學老三，再把牠請進塑膠袋。這麼一決定，我拿來一個透明的塑膠袋，戴上一付洗碗用塑膠手套，我左手拿著大開袋口的袋子，前伸右手趕蛇。只一秒鐘，三角形的蛇頭閃一下，我右手的大拇指像被針刺那樣痛一下，我知道我被蛇咬了，塑膠手套完全沒有用，這時才想到，剛才若是先拿一根棍子在手上就好了，這是事後的聰明，於事無補了。

　　我知道這蛇是毒蛇，現在事情大條了。家裡沒有第二人在，我必須緊急自我急救，立刻脫去塑膠手套，打開水龍頭，一面擠血一面沖水。找來一根繃帶，捆緊傷口上方的腕關節處。下一步，拿好錢包、鑰匙，準備上醫院。打個電話找兒子，他不在，我留話。再撥電話給好友，她家住在耕莘醫院附近。這樣耽誤了有十五分鐘，我衝出去叫計程車，一面跑，一面告訴遇見的熟人，我被毒蛇咬，心裡想，萬一毒發無救，也有人知道我的死因。如果是被百步蛇咬，可能三、五分鐘之內就倒下去了。

　　上了計程車，遇見好司機，他問：「太太，你怎麼啦？要去哪裡？」

　　「我被毒蛇咬，耕莘醫院，你知道嗎？」

　　「不知道。怎麼走最快？」

「過碧潭橋，立刻左轉，走環河路。」

到了急診室，我把自己交給醫護人員，心裡不停的唸：「南無阿彌陀佛！」

護士為我掛上點滴，醫生準備在我右手大拇指第一節縱切2公分放血，同時用生理食鹽水沖洗傷口，打毒蛇血清，一步步依序進行。

我的好友和我兒子、媳婦也先後趕到急診室。

我的神智一直都是清醒的

兒子問：

「毒蛇在哪裡？」他連忙跑回家，把小蛇解決了，蛇屍交給醫生，証明這蛇確是青竹絲。牠的大小長短和一般吃飯用的竹筷差不多。醫生說：

「不要看牠是小毒蛇，就對牠大意了，小毒蛇一樣是很毒的！」

這是九年前的事。俗話說，一朝被蛇咬，十年怕草繩，對我而言，一點不錯。此後，我甚至在創作童話故事時，下筆也都格外小心。童話故事中，動物可以擬人化，但是，絕對不可以把危險、骯髒的動物，寫得很可愛，以免誤導小讀者。喜歡養寵物的朋友，也要三思，你瞭解那種動物嗎？請以我的可怕經驗為鑒！

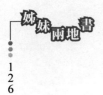

22. 母親節玫瑰情

　　母親節過去許久了，我家前院的七棵玫瑰花仍在怒放，她們以不同的顏色、不同的大小、不同的姿態怒放在客廳的大窗子前面。

　　其中一棵開的是深紅色的花朵，每一朵花都像是用最細緻的絨布做起來的，花瓣厚厚絨絨的，好像永不凋謝似的。一棵是淺黃色的花朵，花瓣的邊緣又染上淺淺的淺粉紅，就是說，一朵花有著兩種顏色了。還有一棵，同一棵花株開著兩種不同的花朵，先開著的是粉紫色碗口大的大玫瑰，而花莖間又抽出長長的籐蔓，籐蔓上，這裡，那裡，一簇簇，一叢叢，盡是小花苞。過幾天，小花苞也開放了，這一叢叢開出來的卻是只有小酒杯那麼大紫紅色像小薔薇一樣大小的小花朵，這籐蔓一路爬一路開著花，沒完沒了，開了多少花？算也算不清。另外四棵，有的白色，有的紫紅。這七棵不同品種的玫瑰，從春天到夏天，燦爛怒放，滿園春色，帶給我們全家愉悅歡樂的好心情，也吸引著左右鄰舍以及過往行人欣悅的目光。

　　這些玫瑰花株，都是孩子們陸續買來送給我的母親節禮物，買來了，就把它種下，起先我也不知道如何栽種？後經友人指點，她說，玫瑰花株，每年二月要徹底修剪，大多數的花株，修剪後的高度只有兩尺那麼高（高株品種者例外）。然後買玫瑰專用的花肥，距離根部約一尺的四周，前

後左右各挖開約一尺半深的洞穴，不可傷及主根，每洞撒下一杓花肥（手抓一把的分量），並加新土（top soil），把根部的新土高高的堆起，而後澆水，每天一次可也，它們就回報給你濃濃的情意與長長一季的繽紛了。

★註：花肥不能不挖開根旁的泥土而隨意撒在表面，那樣花根會向淺表去吸花肥，以致根部日漸外露，花株因而枯死。另外，每隔三、五日，把已謝的殘枝剪除，則可保持枝頭清新。玫瑰需要陽光充足，新栽花株土深至少兩尺。

23. 怕冷又怕風

　　拜讀五月十日家園副刊毛蕙林女士「追悔」一文，細述作者高齡母親中風後的搶救過程，文中提到病人體弱怕冷，失去意識，家屬在病房中為了給病人穿衣及蓋被的厚薄，與護士發生認知上的爭執，家屬以為，病人僅著一件單衣薄衫是在受凍，護士認為，病人發燒，需要散熱，多穿多蓋無益。

　　大多數的人對氣溫的適應有一定的標準，一般說來，大約15℃-25℃，被認為是適合人體的氣溫，10度以下或30度以上，不是太冷就是太熱了。現代的建築，多半都有空調系統，調高調低，不是問題。

　　會產生爭議的是生活地區的異同，東方、西方的習慣，以及個人體質的差異。西方人多半體格高大，體脂豐厚，很能保暖，他們無論大人、小孩，尤其居住在南方加州一帶，見他們長年只穿一件短袖單衣，冬天很少穿大衣，也不常聽見他們嘴裡喊冷。

　　說到我自己，是屬於怕冷又怕風的體質，不是年紀大了才這樣，體重只有100磅左右，年輕時更瘦，台灣的冬天也不算很冷，但是，寒流一來，全家只有我一個人兩腳長凍瘡，直到後來有了電熱器，情況才逐漸改善。

　　移居美國南加州，一年四季陽光普照，我們住區，到了冬天，白天、黑夜溫差很大，最低溫4℃左右，我就要開

暖氣了。先生非常怕熱，經常他穿單衣短褲，我穿毛衣加外套，兩人穿著相差一個季節。我負責冬天開暖氣，他負責夏天開冷氣，這一點，我們愚夫婦倒是非常能夠分工合作。幸好，孩子們的體質像爸爸，不像我。

　　到了秋季，我又怕風，我們這個地區，十一月開始風季，刮起大風，猶如小颱風，飛沙走石，時有貨櫃車被吹倒在路邊。這樣的風，有人覺得涼快，我卻無法消受，大風一吹，感冒、喉嚨痛、咳嗽、扁桃腺發炎，一連串的症狀全都出現，甚至氣管炎、肺炎，事情就大條了。說我弱不禁風，我承認；但我並非多病多痛的病西施，大病至今還沒有上門，小病小痛難免。只要氣溫適合，不遇大風，我的體力絕不輸人，一天睡眠六、七小時，其餘的時間，活動不停，很有活力。保暖、防風是我個人最佳的保養方式。我的飲料與冰品不接軌，白開水之外也喝紅棗、生薑、木耳熬的茶。雪地遊玩，並非我的喜愛，要去，就得全副武裝。

　　俗話說，久病成良醫，我是怕凍、怕風成了精，平常少進冷氣房（也不吹電扇），非進不可的話，先圍上圍巾，或加背心、外套，人家取笑由他笑，深知自己對於風、寒兩位老兄都招惹不起。台語有一句俏皮話，「愛水（美）不怕流鼻水」。我是很怕流鼻水，所以不敢愛水（美）。

　　我在美國曾經有過兩次需要短暫麻醉的小手術，術前準備階段，我都親口請求護士小姐說：「小姐，我怕冷，術後請為我保暖。」

　　我很幸運，遇見華裔護士，容易溝通，沒有爭執。她們交代手術室護士，術後立刻為我蓋上暖烘烘的熱毛巾。

　　手術成功，感謝醫生、護士。

　　一旦病人失去意識，其間又未能進食，體格瘦弱者，體溫自然偏低，盡可能事前放出訊息，避免受寒受凍而引來大麻煩。通常，手腳冰冷，就是保暖不足。家屬和醫護人員，一念之間，可以救人一命。

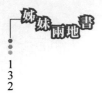

24. 暈倒的迷思

　　多年前，我在國小代班期間，注意到，時不時的在朝會上有小朋友暈倒，就問他們，你今天有沒有吃早餐？他們搖搖頭，那就表示沒吃早餐了。

　　再細問，為甚麼不吃早餐？各有各的理由，有的說，媽媽是清潔隊員，很早出門去掃馬路，沒人煮早飯；有的說，稀飯太燙，來不及吃；有的說，媽媽有給錢買早點，但是，他買了自己喜歡的東西，總之，他們多半是沒吃早餐就出門，朝會時，在太陽底下站久一點兒，曬一曬，就支持不住，暈倒了；送去保健室，躺一躺，吃喝一點甚麼，也就好了。當時，我寫了一篇「小玲暈倒了」的生活故事，叫女兒配上插圖，在國語日報兒童故事版發表，後來收進《長腿七和短腿八》這本童話故事集。

　　不管大人或小孩，早餐應該都是一件很重要的事情。如果是有意無意的不吃早餐，餓過頭了，血糖降低，首先是脾氣變得很壞，這時趕快進食，問題立刻解決。若是這人的體質本來就很衰弱，不僅僅只有注意早餐，應該是餐餐都要吃好。在窮困、戰爭或缺乏食物的亂世，餓死是常見，暈倒算甚麼稀奇？

　　影劇裡常常會有暈倒的情節和急救的場面演出，如果是古劇會用古法救治，現代戲劇，就打急救電話，救護車短時間內來到現場，醫護、擔架、氧氣筒、等等設備，同時都會到達。

　　不久前觀賞韓劇「大長今」，是一部很好看的韓式宮庭古裝劇，演到長今的好朋友「連生」，因難產暈過去，這時長今已經是很出色的醫女（韓國古代宮庭御醫），為了要救好友「連生」，她用針灸，也用CPR（心肺復甦術），劇情非常緊張逼真，我卻覺得此處有些不妥，因為CPR是近代才出現的新型急救術，卻使用在古代的宮廷戲劇中，導演與演員在演出時可能都忽略了這個不合時代的急救情節。

　　有一次，「中視新聞全球報導」，播出暈倒的混亂畫面，但是鏡頭中並沒有看到急救的過程，只看到，一個女子（保姆）抱著另一女子，急急忙忙一直走一直走……新聞鏡頭中沒有看到擔架，也沒有出現急救人員及急救設備，情況若真的很危急，當時如何急救？

　　筆者的親家母（犬子的岳母），久患高血壓，去年在浴室沐浴後暈倒，幸好有人在家，有驚無險。老年人或有暈症病史者，多加留意。

　　有時候暈倒了，休息一會兒，會自己醒轉過來，我個人有此經驗。我小時候是個野丫頭，喜歡跑，一起步就跑，摔跤了常常暈過去。有一次，跑著，跑著，要過門檻，從門檻這邊摔到門檻那邊去，暈過去，醒來時，上下門牙都掉得差不多了（那時正是要換牙的年紀），嘴唇鼻子下巴血肉模糊，母親邊餵我吃肉鬆拌稀飯邊掉淚，這些往事很難忘懷。我自己因摔跤暈倒的次數算不清，中年以後，才漸漸留意要小心走路，年紀越大，越沒有摔跤的本錢。

　　今年八月二十三日，換我先生暈倒。那天，午飯後不久，我吃得慢，還在飯廳收拾，看他從樓上下來，走到吃飯間，跟我說了一句話，說他的胃不舒服，有點痛，才說完這句話，就倒下去，呼吸急促，面色灰白，嘴唇烏紫，摸他脈搏很亂，一身冷汗，情況危急，屋內沒有其他人手，天熱，我自己只穿著背心和短褲，慌亂，找不到外衣，看他躺在地毯上，很無助，要打急救電話？似乎也來不及，得趕緊搶救才行，突然想起電視劇中才看過的CPR（心肺復甦術），試做，不標準，一二……一二……一面大聲叫他「深深吸氣！用嘴呼氣！」（他都配合），一二……一二……用我所有的力氣，彎腰，一下一下重壓他的心臟胸口，（我的體重只有90多磅，他150多磅，我拖不動他），只能有規則的繼續重壓他的心臟胸口，一二……一二……大約三至四分鐘，有一點反應了，緩過一口氣，看他還在出冷汗，我想打911叫救護車，他卻坐起來，說已經好些了，我還在考慮著是否要打急救電話？實在不知道為什麼會這樣？會不會中風？平常每天或隔天固定量血壓，先量血壓看看？這時他的血壓只有85/45，幸好剛才不是下樓梯時走一半倒下來，哎呀！現在怎麼辦？先打手機給孩子們，大家一起想辦法。

　　經施醫師檢查後，施醫師對犬子說，「你爸爸暈倒不是因為胃痛，是心血管嚴重堵塞。」施醫師不講廢話，重點直擊：「兩種辦法中選擇其一，看是要做氣球擴張術？或是心血管支架？」兒子代他爸爸選擇了心血管支架。出院

後繼續服藥，隨身攜帶（Nitroquick）舌下含片（一般叫救心含片）。

　　依個人在就診時觀察，施醫師是德、術兼修的良醫，他的醫療團隊和藹有秩序，他的病人與感謝匾額都太多了，口碑相傳，只是施醫師個人的工作非常辛苦，上午看門診，下午若無門診就在醫院做手術或巡診住院病人，濟世救人美德，我等欽敬。在此致上至高感謝！並祝福施醫師工作順利！健康長壽！

25. 看舊照說往事

　　我在九〇年回鄉探親時，外祖母和母親都已經去世許多年了。大妹交給我一包老照片，並且說，母親去世前留言，「你們姊妹此生若是有機會再相見，把這一包照片交給你姊姊……。」大妹回憶說，中國社會翻天覆地動亂那世代，她冒著生命危險，把這些老照片，塞在居室的夾牆中。那時候，「台屬」（居台者家屬）是被界定為壞分子，凡殘留有資本主義色彩的任何事物，一旦被人翻了出來，大禍就會臨頭了。

　　這些舊照，包括父親母親的結婚照、外祖母與父母親年輕時的合照、我還是嬰兒時母親把我抱在懷中的母女合照，以及哥哥與我童年時和母親的合照等共二十多張，這些照片，早年是由母親自己珍藏著，年代久遠，其中有的已泛黃模糊，有的被蟲蛀。回到台灣，我立刻加以整理、翻拍、搶救。

　　有一張，母、子、女溫馨的老照片，拍攝於上個世紀三十年代初，並沒有用專業特殊的方法，至今保存完好，算是稀奇的事。看著這張幾乎與我同年齡的古稀老照片，許多往事浮現腦海。

　　我對自己童年最早的記憶，是坐在一張沒有靠背的高腳凳上，兩腳懸空，面對著的是一個十多歲哭泣的女孩，她總是淌著眼淚，不跟我說話，不讓我下地。或端來一碗飯，上

面蓋著一層菜餚，她用湯匙餵我，可是，她不停地哭泣，看她一張濕濕的淚臉，我跟著她哭，一口也不肯吃，她就擰我的大腿，掐我的屁股，我大聲哭，她也放聲大哭。

進來一個年長女子，帶著一個大一點的女孩，年長女子問：「桂英，寶寶為甚麼哭？」然後轉頭對大女孩說：「玉屏，你來餵寶寶吃飯。」玉屏是胖胖的大姑娘，她對我笑，我就肯吃。

等我懂事一點，知道年長者是我的外祖母，我叫她「依馬」（阿孃的福州方言），那兩個女孩是聽「依馬」使喚的，「依馬」叫她們做甚麼她們就做甚麼。

「依馬」有時說些故事給我聽，她說，母親在新加坡生下我，年僅二十歲的她，在父親的安排下，單槍匹馬，帶著出生剛滿月的我，乘坐客輪，返回家鄉，隨帶行李中，有好幾箱是煉乳罐頭，準備作為餵哺嬰兒的糧食。「依馬」說，她就是用熬煮的稀米漿添加煉乳，來餵養我這個奶兒。母親像一隻母貓那樣，叼著比我大三歲的哥哥，又遠渡重洋到新加坡和爹爹生活。

那時候，我最親密的伴侶，只剩下外祖母和外祖母的兩個丫嬛。

父母親每隔一年半載一定從南洋返鄉探親（長大後聽說父親在南洋置有一片生產橡膠的橡膠園），他們回來都會帶回來很多新奇的東西，有大大小小的洋娃娃，有上緊發條會自動繞圈跑的玩具小汽車、有巧克力糖和色香味美的水果糖（這些東西當時在國內都算非常稀有的東西），至今味蕾上

還餘留著香醇糖果美味的記憶。哥哥收集了很多香煙盒中有圖畫、有故事的畫片，都是一般小孩求之不得的稀有玩具。

父母親回來，訪客來往不斷，漂亮的「媽媽」，優雅地接待客人，忙著給親友送東西，「依馬」要我叫她媽媽，我不肯開口。記憶中，母親不曾抱過我（抱我在照片中）。夜裡我跟「依馬」睡。我愛聽「依馬」說故事，我摸著她的下巴，摟著她的脖子入睡。在我心目中只有「依馬」，我認定「依馬」才是我的媽媽。

父母親及哥哥的出現，在我幼小的心靈中只覺得，家裡突然多了些「陌生人」，很是不自在，希望他們快快離開。我始終不肯靠近他們，他們不走，我就躲開。我悄悄地躲在屋角門後，偷偷地看著這個時髦、漂亮、陌生的女人，看她換穿著不同花色的高領長旗袍，很高的高跟涼鞋，或是衣褲同樣花色的套裝。爹爹出門都穿米黃色或是白色的新西裝，右手拿一根文明棍（彎頭拐杖），頭上戴著禮帽，走一步，把拐杖向著右前方旋起，又立即點地。在我的眼裡看來，他們是一對怪人，不屬於我的世界，他們來，我和他們捉迷藏。天黑了，我躲在「依馬」床上才安全。

這種角色錯亂，困擾我很長很長一段時日。

母親回來生過大妹，做完月子就走了，家裡多了嬰孩的哭聲，顯得熱鬧。

父親是喜愛旅遊的人，聽說曾去巴黎遊玩，也和母親去上海、杭州。母親從上海回來，滿口說「蝴蝶」，家裡沒有看到甚麼蝴蝶，我到處去找蝴蝶，想抓一隻蝴蝶給她，很

多年以後，我才能把一個電影女明星的名字和蝴蝶連接在一起。

母親來來去去，生過小妹，不久，又要走了。

這一次哥哥留下來與我作伴，說是已安排好兄妹倆一起去讀書。

兩兄妹，每天吃過早飯，各背各的書包，到大祠堂去，坐在固定的位子，來了一位白頭髮白鬍子的老先生，教我們讀書。我讀「人之初，性本善……」哥哥讀「孟子見梁惠王……」先生讀，我們跟著唸，都用福州鄉音教讀。先生叮嚀我們，眼睛要看著書本上的字，但我們根本不認識它們。中午，桂英會送飯盒來（三、四層架疊提籃式圓形搪瓷質料的飯盒），吃完飯，我們用飯盒捉蒼蠅，這是一天裡最精彩的活動。下午先生教我們寫字，磨墨，用毛筆，在簿子上描紅字，學生的手和臉多半都會粘上了黑墨，個個花花臉。

先生說：「回家好好讀，明天來，要背書。」

黃昏時，先生走了，我們拎著書包和飯盒回家。

再長大些，去讀國民小學了。

後來總聽說，日本侵略中國，中國和日本打仗了。

南洋也在戰爭的陰影之下，父母親結束了南洋的事業，回到家鄉來，帶回來好多大大小小的箱籠，當地鄉人多張揚說，他們李家好有錢，因此埋下日後搶匪入宅洗劫的肇因。

此後，母親終於留在家鄉，和我們這些孩子開始親近。但她得了氣喘病，據說是因早年喝白蘭地酒，不知道這酒的烈性，頭一回就喝酒過量，從頭到腳渾身發燒，熱昏頭了，

一時無法可想，跑去泡在大大的冷水缸裡，大病一場之後，種下日後因哮喘致命的病根。

中、日戰爭期間，老百姓的生活如在水火之中，我們家鄉也多次淪陷在日軍的鐵蹄之下，日本兵時來時去，治安極差，我們家不是有田有產的大宅巨富，只是父母親捨得花錢，把早年賺來的錢，買了自己喜愛的東西，諸如：風琴、留聲機、洋鼓洋號（整套樂隊的樂器）、母親的四季時裝與配件、眼睛鑲有寶石的整隻狐鼠皮圍脖、夏天蓋在身上會涼爽的毯子、燕窩等等名貴藥材……。父親當年堅持不在家鄉買田置地，他說田地是會惹禍的東西，沒想到，他們帶回來的那些寶貝，還是惹禍了，突然有一天，十幾二十個持戒（刀、槍、斧頭）搶匪，趁著月黑風高，破門而入，捆綁大人，任由他們洗劫，搶搬東西，由深夜搬到黎明，搶匪並不知道哪些東西真正名貴？還問母親，你們把金子埋在哪裡？（他們真正想要的是黃金）。也問你家的男人在哪裡？母親說，幸好父親當時已經去了西北－甘肅（蘭州），如果父親在家，手無寸鐵，任何反抗，必定鬧出人命。有一樣與我有關的文件，新加坡我出生的醫院開出的出生証明，也在箱子裡，被搶匪搶了去，找不回來了。

父親喜愛旅遊成癖，抗戰勝利後，去了台灣，不久，哥哥也去台灣讀書。

這時的我，已是十多歲的小少女，時局、家境，往下沉淪，讀書不成，買糧食都沒錢了，只好去親戚的紡紗廠做女童工。

　　國難？家難？命運豈是可以預卜？前程哪裡能夠預料？當我賺了些許工錢，在母親的授意之下，買了機票，跟著鄰居去台灣探望父、兄，也看看父親能不能為家鄉的家人接濟一條生路？飛機航程五十分鐘左右就飛到台北，正是1948年的秋天，往後不久，時局急轉直下，兩岸亂哄哄，斷航、斷郵，回鄉沒有希望了，一個家就這麼分成兩半。那個時代的中國，不知有多少人遭逢意外的生離死別！

　　誰知道？一次很單純的台灣探親之旅，改變了我的人生旅程。

　　母親不走，我走了。

　　再回去，就是在四十二年以後的1990年五月。

　　大妹交給我的，只有一疊歷盡滄桑的老照片，與綿綿不盡的追思。

　　母親與我，緣深也緣淺，總是匆匆交會，卻又分離，人世無常，感懷深深。

妹妹篇

1. 苦命外婆貴人多

外婆黃陳細妹，出生在福州濱海琯頭漁村，上有三個哥哥，下有一個妹妹，外婆排行第四，家境中等，介於漁、農之間。但是，一場瘟疫，奪去了父母和祖母的性命，剩下幾個孤兒，日子像天塌下來一般。

清末年代，漁村人口，尤其女子都不識字，裹過小腳，會些女紅，十五六歲，就有媒人上門，當時，美的標準，先看小腳，小腳越小越美，有著三寸金蓮的女子，就是最美女性。外婆的小腳，不足三寸，美女故然是美女，但是她的小腳好像有點小得過頭了，甚至走路的姿態都不雅觀，也幹不了甚麼粗活，上門求親者自也不可能絡繹於途。

外婆說，那時村裡有一家中藥舖的老闆娘，她的福州娘家有個姪子，尚未娶親，就來說媒。

父母沒了，兄長聽信媒人的話，說是求親的是個單丁獨子，沒有田產，嫁了去，只需做做日常家務，沒有田裡粗活。兄弟姊妹一起商量，姑娘的小腳既是過於裹小，這樣有缺陷美的姑娘要找婆家也不容易，變成老姑娘可怎麼辦？

媒人沒有說假話，要娶親的男子確實沒有田產，嫁過去無需勞動田園粗活也是事實，姻緣天注定，就聽從兄長做主嫁了吧。

男方果然是只有單丁一口，略通文字，是頗有道法的資深道士，傳說他有抓鬼本領，也是引人之處！然而，道士職業沒有固定收入，隔三差五有個道場，沒有道場的日子，只

有閒著，閒蕩的男人，就會有狐群狗黨，煙來（鴉片煙）賭去，這些都考驗著一個瘦弱小腳女子的逆來順受。

滿清換代，民國元年，外婆生下女兒，沒有喜樂，更加痛苦，本來已是有一頓沒一頓的清貧家境，如今添加人口，日子可想而知。

外婆三十一歲時，外公在飄散的鴉片煙中撒手人寰，留下不滿四歲的女兒和一屁股的煙債和賭債，外婆走頭無路，只有厚著臉皮去向鄰村的棺材店，賒來一口薄棺，收埋丈夫後事，此去更是前途茫茫，想著自己還有一手針線活手藝，當機立斷要靠自己雙手重新揚起生活的風帆……終於在福州城裡有一戶官宦人家，正在尋找會做針線活的管家，外婆只有含悲忍淚把女兒寄養在有愛心的鄰居家裡，並打算把微薄工資部分養育女兒，部分還清債務，每隔一段日子，向主人請假回家探女還債。四歲幼女沒離開過娘，好容易盼到親娘回來，又得離開，娘走在前面，淚流滿面的幼女跟在身後撕心裂肺哭喊追趕，母親回轉身抱女痛哭一陣，又得狠下心腸決絕離去，母女肝腸寸斷分離的戲碼，隔些日子就要上演一場，這個女孩後來是我的母親。

外婆說，她的僱主是姚姓官宦人家，有妻有妾，子女眾多。外婆為姨太這一房做管家，這一房所生的孩子排行老五、老六（女孩）、和老九。外婆進官府一陣子，老五、老六已是談婚論嫁年紀，老九是才上學的小孩。外婆為人，心地善良，誠實勤快，老五娶親、老六出嫁，外婆就如自家婆媳嫁女般出力勞神，女主人很是信任放心。老五婚後生了男

孩，乳名阿中，阿中由外婆帶大。不知怎麼的，好像是官老
爺和姨太病故，老五夫婦也先後過世，姚家家道中落，照顧
老九和老五孩子（阿中）的重任落在外婆肩上，一時沒有薪
資，照樣服務幹活。

外婆在姚府工作了十二年，寄養在鄰家的自家女兒已
初長成，該是外婆打道返回故里的時候，而姚家老九和老五
的孩子阿中，幾乎由外婆一手帶大，情同母子，也是難分難
捨，眼看老九已經長成小伙子了，外婆時常帶著阿中來道士
厝故居遊玩，阿中稱呼外婆母女為依奶（方言母親的暱稱）
和姊姊，親密仍像一家人。

又過了一段日子，老九和阿中叔、姪兩人忽然遠走，失
去音信，外婆四處打聽，沒有結果，念念不忘，唏噓難過。

命運好像一直在跟外婆開玩笑，姚家叔、姪不知去向，
外婆日夜思念。而自己女兒已婷婷玉立十七歲，要嫁人了，
看上她的男方，是鄰村四十四歲的中年男士，男有情，女有
意，要阻止，諒也不易，算不算民國初期才萌芽的自由戀
愛？或又將形成另一樁奇特的婚姻？！

父親名諱李仲培，別號植齋，祖籍福州蓋山──下濂。
只聽說祖父是前清五品官，祖母早逝，繼祖母不容前妻的孩
子，父親成年時祖父已逝，繼祖母隨即售賣遺產館舍他遷，
不知所終。

父親自馬尾船政學校（中國海軍搖籃）畢業，遊學巴
黎，後移居星、馬。初見母親（黃淑貞）時，父親已是星洲
僑界人士，有教職、在海外置產（橡膠園）。

猜想他別號「植齋」的意思，可能有創辦教育的遠大理想，也曾從新加坡募款回鄉創設一所「濂水小學」，一時傳為佳話，老一輩鄉人皆稱他「先生」。

父親母親婚後生活美滿，假期京、滬等地各處旅遊，多次徵詢外婆願否移居星洲？外婆總是婉拒，父親只好在外婆舊居附近買地蓋屋，種植數十棵柑橘，蜜桃等果樹。

哥哥三歲時，姊姊在新加坡出生，那時還有畜婢遺風，父親為外婆買來兩個丫嬛，桂英協助帶孩子，玉屏專供外婆使喚，到我出生，家裡更熱鬧了，這一段日子，應是外婆一生中最風光的日子。

或許母親身上帶有外公不良的遺傳因子（毒品、菸、酒），雖然她享盡優厚榮華的少婦與中年生活，但體質甚弱，一次，喝過強勁的白蘭地酒，不勝酒力，燒熱難當，泡進水缸泡水減熱，因此感冒得了氣喘惡疾，母親生育兩男三女。經過內戰、外患、二戰等等，亞洲廣大幅員，捲入戰爭。因外婆愛戀家園，當時已是烽火連天，父親只好把新加坡的事業倉促結束，回到國內，治安紊亂之下，終被搶匪入屋洗劫一空。等到對日抗戰勝利，新加坡友人，多勸父親再前進新加坡發展，並匯來一筆旅費，讓父親返回新加坡工作，但其時父親已是意興闌珊，他又極愛旅遊，看到台灣光復，遂把友人寄贈的旅費，留下些許家用生活費，獨自前往台灣一遊。母親也曾短期遊台，水土不服，氣喘更甚，母親只得回轉家鄉，讓哥哥姊姊，赴台探望父親。未料兩岸不久斷航，一家分開台海兩處，類此家庭，無以計數，時代的悲劇，只有留給史家去詮釋。

　　兩岸隔絕，母親在思夫念子生活一無奧援之下，虛歲四十，走完短短一生。若是人生不以長短來論斷，母親的一生，非常精采！

　　六十七歲的外婆，怎麼也想不到，女兒走在自己前頭，一貧如洗，重演無錢收屍的戲碼，只好把當年女婿為她置備的一副壽材（身前置備的棺木），禮讓女兒使用，世事可悲，嗚呼哀哉！

　　此後一老三小，人海浮沉。不屈不撓的外婆，擦乾眼淚，邁著艱難行走的小腳，串街走巷，重操舊業，為人縫縫補補，賺吃自己中晚兩餐，另外還賺來斤把米糧，養著三小外孫孫女。

　　時光過了許多年，四口老小苟延殘喘度日，外婆依舊念念不忘姚家叔、姪，她曾照顧過的那兩孩子，到處探聽他們倆的消息。解放後不久，福州傳出消息，有姚耐和姚遠方兩位官方人士，也在積極尋人，多虧親友協助，終於連絡上了，姚遠方（阿中）並透過組織關係，以中國人民解放軍總政治部政治處出具一紙証明文件，寄達福州蓋山區地方政府，正式追認外婆為其養母，因此這家四口無望的老小，有了軍屬的待遇，他們叔、姪兩人更時常匯款接濟我們。土改時，當地政府也因此分給我們由政府代耕的土地。這時外婆七十歲，弟弟還小。阿中舅舅（外婆要我們這樣稱呼）在1956年前往廈門視察，特回福州探望我們。他見外婆如此年邁，走路更為不便，要把老小四口，接往北京照顧，由他贍養，並供我們姊弟上學。外婆仍然依戀鄉下老屋，不願搬遷。

有了姚家叔、姪這樣的貴人，我們生活改善許多，外面相傳，外婆養子有著顯赫的地位，真是光耀門楣。全村轟動！鄉人欽羨！

1964年，我已結婚，前往北京探望夫君，外婆要我順道探望姚家叔、姪，一位是我稱中舅的姚遠方；回程再到上海探望外婆口中的老九姚耐，當我到訪，他的部屬口稱院長外出洽公，要我直接去他府第。姚耐先生夫婦為人低調親切，家裡僱有保姆傭人，姚夫人還親自為我放好浴缸洗澡水。後來知道，其時中舅已是解放軍報副社長（人稱無銜將軍）。姚耐先生是中國著名的經濟學家、上海社會科學院院長……聽說姚耐先生下得一手好圍棋。副總理陳毅（元帥）來上海，一定要找姚耐先生對奕一番。姚耐先生曾以中國圍棋隊團長身份帶隊參加日本圍棋賽。

外婆不識字，命也不好，在她絕望的困境中，她的貴人頻頻出現，後來又有外孫、外孫女和外孫女婿等等，都來接力把她照顧。

外婆雖然沒有進學讀書，但她非常有智慧，困頓過，享福過，八十四歲高齡的她在睡夢中離世。

我的外婆，她像人間的天使，她是眾多孩子的慈母，凡經她帶領過的孩子，都很傑出，其中有教授（居台的胞兄）、學者（姚耐先生）、將軍（姚遠方）、作家（旅美胞姊筆名木子）……大家對她無不深深思念。也是外婆善心得來的善報。

2. 兒時賣柑記

　　那年我十二歲，父親與兄、姊已經去了台灣，兩岸隔絕，杳無音訊，家裡日子難過，母親重病在床，可以勉強維生的只有屋後那一片柑橘果園，柑果一年採收一次。早年，採摘下來的果實，自用或贈送親友，再有多餘，才以批發價錢盤給他人。後來，柑果成了五口人的救命恩物，就連重病的母親也不捨得吃上一顆，母親想著，若能自己挑去市場叫賣，才能賣得好價錢，換成米糧，用以糊口。

　　外婆三寸小腳，弟妹幼小。有一天，母親有氣無力地說，「娟啊，你挑些柑橘去賣，賣了，買米回來。」其時，我已輟學在家，從來沒有挑過擔子，更不懂甚麼買賣，母親這麼說了，無論如何，硬著頭皮也要挑些去賣。

　　頭一回出去賣柑，像是挑著一付重擔（其實只有五六十顆），生性膽怯的我，怕得要命，昏昏然地在天色未亮之前，挑擔上路，小市集離我家大約六七里路程，還要越過一座小山頭，沒有單獨走過夜路，真切地體會到走暗路的恐怖，山風吹過，老樹枝鬼影鬼形上下搖晃，時時向我襲來，心中越加害怕。

　　母親自是不放心，又讓比我小七歲的弟弟隨後追來作伴，我被重擔壓在肩上，腳步本能地急匆匆向前趕，小弟睡眼惺忪地跟在後面追，實在挑不動了就歇一歇，等他跑到我跟前，我又挑起擔子趕路，兩個孩子，一個挑擔在前，

一個空手在後，向前跑，向前衝，漫長的跋涉，天幕漸漸地拉開。

到了市集，天剛放亮，買賣人爭先恐後各自將自己的貨擔擺開，我不敢與人搶位，默不作聲找個犄角旮旯將柑橘擔子放下，眼睛盯著弟弟走來的方向，深怕他會迷路，等他一瘸一拐地走來，一步一個血腳印，忙翻開他的腳板一看，不知被甚麼東西把他的赤腳腳底割破流血，忙問他疼嗎？他說，「姊，不疼，我的腳麻麻。」寒冷的大清早，他小小的赤腳，早已凍僵，沒有感覺，我把弟弟帶血冰冷的小腳，揣入懷中，慢慢捂暖。

忽然想起還要賣柑橘的時候，市集有些冷落下來，前排的買賣人就要挑走空擔，我才將自己的擔子向前挪一挪，眼看就快中午了，我的柑橘才賣掉一半。弟弟的腳板還在流血，怎麼辦呢？來市場走動的人漸少了，天陰下來，好像要下雨，驀然想到，一個堂姊就住在附近，到她家上個廁所，清洗一下弟弟的腳，看看能否向她借一雙舊鞋給弟弟穿上，心裡想，她若給我們吃點東西，就將剩餘的柑橘送給她了。

到了她家，他們正開飯，他們的眼睛盯著筐籃中的柑橘，堂姊問，柑橘甜不甜？然後像拿自己的東西那樣，雙手抓起五六個柑子，用刀切開給她的家人品嚐分享，互相評論這柑橘挺甜，堂姊說，你這柑橘擔子先放在我這裡，這幾毛錢拿著，去外面買點東西吃，不是我不請你們吃飯，實在是不知道你母親患了甚麼病？會不會……她的刻薄話語瞬間像

雷電劈穿我心，當時隨手將幾毛錢往她桌面一擱，挑起擔子，牽著弟弟的手，跨出她的家門。

一路走著，天越變越黑，下起雨來，心疼弟弟的腳被髒水泡得更痛，原本一聲不敢叫賣的我，被堂姊的奚落戲耍，心中震撼，突然情緒失控，瘋狂似的提高八度音，就在街邊高聲吆喝起來，「賣柑！賣柑啦！又鮮又甜的柑橘便宜賣喲！」

生意已漸清淡的午後，有的擔主閉眼養神，被我這麼大聲吆喝，都圍過來：

「這孩子不懂價錢，這麼便宜？買買買，我們買……」不一會兒，柑橘全賣完了，得了錢，就去買米。弟弟望著餅攤，直嚥口水，先買一個光餅，兩人分食。

筐籃的一頭放米，弟弟腳痛，叫他坐上另一頭筐籃，一頭輕一頭重的擔子，扁擔前後滑動，把肩頭磨破，滲出血水，只好用手托著扁擔，減輕肩頭的疼痛。

一副重擔，就這麼又原路挑回。

3. 蔥花鼎邊糊

　　媽媽才過世一個月，我們仍沉浸在悲痛中，媽走時家徒四壁，遵她遺囑，我到堂嫂處向她要些錢給媽媽打理身後事（父親早年僑居南洋時把堂哥辦到新加坡定居後，父親又與哥姊去了台灣，後來斷了音信，家中生活極度困難，堂哥知道媽媽不會輕易開口向人求援，時常主動接濟我們），堂嫂也知道父親對他們多方提拔在先，答應願意回饋這筆錢，但是，不是很情願，當天只肯先付給一部分，她說餘款以後再講。

　　年關又到，外婆身無分文，想到堂嫂處看看是否肯將已答應的餘款中再接濟些許，以應年關之急？當然只有由我去跑這一趟（外婆小腳行動不便，妹妹九歲，弟弟五歲）。我一路心情緊張，重複默念著外婆教的幾句話趕去堂嫂家中（約有五、六里路程），到了她家，她正在吃早餐。一邊聽我說一邊慢條斯理吃她的飯。我站在旁邊等著，等她吃完飯，命我替她洗碗，我心裡想，洗完了碗就會給我一些錢吧？但是，事情不如我的想像，她指向一大堆木柴要我替她劈柴，我從來沒劈過柴，這時只好硬著頭皮將木柴全部搬到後天井來劈，劈得汗流浹背，精疲力竭，劈好木柴，又把木頭全部搬到柴火間碼成一個個井形的小木塔，幹完了這些活，這下總該給些錢打發我了吧？

　　我坐在柴火間門檻上，左等右等，不見堂嫂出來，原來她去睡午睡了，好容易等她睡眼惺忪地出來，我的雙腿不由自主地邁近她，不容我開口，她又說要回娘家一趟，讓我再等，並將所有的門都上了鎖，我仍獨自坐在柴火間門檻上等著，等到太陽西斜，我正想放棄不等了，但再一想，沒有完成外婆交付的使命，今晚沒錢怎麼過年？

　　堂嫂終於回來了，一副苦瓜臉，她說，哥哥最近沒寄錢回來，回娘家借錢，娘家人又不在家，兩手一攤，沒辦法了……我是滿腔的希望，被澆了一盆冷水，我忍著淚，離開她家。

　　外婆見我一臉淚痕，就明白了，她變戲法似的打開破櫥櫃，端出一個罐子，裡邊存有半罐米（這米是外婆平時煮一餐飯存一小盞慢慢存起來的），這時弄幾盞米出來，泡上水，叫弟弟到園子裡拔幾根蔥，我們三人走向石磨，由我掌磨臂，妹妹幫著推磨，外婆往磨洞中放米，忙了好一會兒，一鍋熱騰騰的鼎邊糊煮好了，先在媽媽生前座位上盛上一碗，碗邊點上一根燭，我們圍坐燭火周圍，吃著熱呼呼的「蔥花鼎邊糊」，眼睛凝視著跳躍歡快的燭光，這是一次令我有生之年都忘不了的「年夜飯」。

4. 台屬罪及家鴨

　　先父是個喜歡旅遊，換句話說就是不喜固定一地生活的人。年輕時，他跑遍中國的大江南北，不僅如此，20年代，他還到過法國巴黎遊學，而後在南洋星、馬地區從事教育工作，暑期必定回到家鄉，借用鄉間祠堂，為當地失學青少年，義務教學，遠近鄉親，人多稱他「先生」。

　　直到中國與日本抗戰中末期，他才回到福建家鄉，待業期間以及更早時日，他讀過不少醫書，也從事中醫診治工作，因多為義診性質，難以持家。

　　及到抗戰勝利，仍無固定工作。早年在星、馬經他拉拔的晚輩，得悉父親當時困境，寄來一筆旅費，要他再回星洲教書。父親拿了這筆旅費，由於個性使然，卻去了他未曾去過，戰後才剛光復的台灣，初始還是旅遊性質，想去看看這個原屬中國的寶島勝地。後由朋友的推荐，獲得一份台灣省工礦公司玻璃工廠的小職員職務，一時可以糊口，就停留在台灣，每月籌寄一些生活費用，寄回家鄉養活家小。當時我和弟、妹年紀尚小，年已十多歲的哥、姊則已隨後前往探望父親。短期內尚無能力把全體家眷接去台灣，兩岸的敵對已越來越深，以至斷郵、斷航……甚麼都斷了，好好的一家八口，分散兩地，逐漸的，我們被留在大陸這一邊的家屬被打成台屬。（誤傳父親曾任台方少將軍官，平民怎可能擔任將軍？我們為此吃了不少苦頭。）

在那樣的年代，革命的花樣與口號，日日翻新，隨時都會揹上無辭可辯的罪名，身為台屬，就像噤聲的驚弓之鳥，亡命之徒，末日隨時都會來到。

原有肺病的母親，思夫念子，生活無著，驚惶失措，瘦弱的身軀，皮包骨頭，兩條腿像兩根木棍，她是骨瘦如柴的真實寫照，未滿四十，丟下老母、幼小子女，到另一個世界去了。

年輕時守寡，年老時又失去獨女的外婆，帶著三個幼小外孫、外孫女，年近古稀，拖著艱難行走的小腳，走街串巷，為人縫縫補補，得到微薄收入，一門孤寡，將就度日。已是絕境，日子還有更糟的，不久得知，十多歲的我，也患上肺結核，並有低燒、盜汗現象，外婆憂心，聽人說番鴨滋補，就東挪西借，買來七隻小番鴨，以為番鴨養大，給我進補，可以救命，老人家不管多忙多累，日日抽空，拿起鋤頭，到垃圾堆、水溝旁，挖掘蚯蚓，餵養小鴨。有一天早晨，外婆因挖蚯蚓扭傷小腳紅腫走不動，我又發燒病厭厭的躺在床上。忽然聽見外面好像有鴨子跑動的聲音，趕忙出去看看，果然，鴨子撞破竹籠，列隊往大門口走了，我們家大門外面是馬路，馬路的另一邊是水田，我尾隨出去，拼命抓只抓到兩隻，其餘五隻已鑽入水稻田中，游來游去。正好此時村幹部（村長也是婦女主任）路過此處，檢查農地生產，（當時土地屬於公有）她七手八腳將鴨子逮住，我傻呼呼地等在一旁，以為她會抓來還我，不料她惡狠狠的把我手中的兩隻也一起搶走，我被嚇得呆若木雞，好一會兒才回過神

來，這才跑回家告訴外婆。外婆拄著拐杖，一邊由我攙扶，往婦女主任家跑去（以為她是女性富有同情心）路上外婆又安慰我不用著急，才一斤左右尚未換毛的小鴨子，他們抓去有甚麼用？再說禾苗插下去已有個把月，鴨子既沒損壞禾苗，也沒有穀穗可吃，他們能把鴨子怎麼樣？

等我們祖孫見到了婦女主任（村幹部），外婆懇求她放了鴨子，好話說盡，求了半天，諒想鐵石心腸都會心軟，可她無動於衷，陰著臉向我們吼：「去！去！去！誰不知道你們是台屬，敵嫌份子，故意放鴨子出來破壞農業生產，不用在此多囉嗦了，我已命人把鴨子送到食堂去。」（那時全村集體吃大鍋飯）我又趕忙奔向食堂，所看到的更讓我震驚！毛絨絨的七隻小鴨已被放血，直挺挺的堆放在血泊中……

當時這種被欺凌，驚嚇，奔走，憤怒……一股腦兒襲上心頭，本已因病低燒的我，發起高燒來，有氣無力的我躺在床上昏睡，過後，好心的姨媽為我們向食堂取來屬於我們的飯菜，在一碟素菜上，放了兩塊手指頭大小帶著細細絨毛的鴨肉，外婆找來一張舊報紙，鄭重其事把鴨肉挾到報紙上，方方正正的包好，以鋤頭代手杖，拖著紅腫的小腳，步履更加艱難，強打起精神，踉踉蹌蹌地出去，口中喃喃自語，「埋掉它。」

從此以後，我們不再養鴨，也不吃鴨肉了。

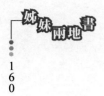

5. 良師益友不了緣

母親病時，我讀小學二年級，為便於母親身邊有人使喚，只好輟學。儘管外婆和我極盡努力，日夜細心伺候著母親（其時父親已與兄姊去了台灣，音訊全無，家中經濟困窘），但，巧婦難為無米之炊，母親的病在缺醫無藥思夫戀子的絕境下，病入膏肓，終於丟棄塵世的一切，她走了。經過年邁的外婆多方努力之下，將適齡上學的兩個弟妹送入小學學習。

時間一去不復回，等到家中困境稍緩一些，我入學的年紀已經偏大了，硬著頭皮去插班五年級，課本中的字，好多都不認得，課前準備很是費勁，幸好老師非常敬業，幫我好多忙；最讓我頭痛的是數學，它是循序漸進的學科，基礎不夠就是不行，任我苦思冥想為什麼1/2+1/2=1？在我的程度上這是有問號的，我的答案得數應該是2/4。

解放初期，家鄉鄉下學生不是很多，五六級採用合班制，當時六年級只有六個學生，班長也是六年級學生，他個頭高，獨自一人坐在最後一排，老師安排我和他同一課桌，他很害羞，開口說話，臉紅到耳後根，我呢，排斥男生，雖坐在同桌，井水不犯河水，誰也不搭理誰。直到六一兒童節，我們班級由校長導演，演出話劇，劇目叫「中朝一家人」。劇中人，我飾演他的女兒，由於演出，我們慢慢拉近距離，也許是演戲的慣性，他常以長輩的眼光觀察著我，發

現我每次發下數學考卷總是陰著一張臉，肯定是數學的成績不理想，於是他義不容辭輔導我的數學。班長在輔導我功課時，認真又不厭其煩，關於我一直搞不清楚1/2+1/2等於多少？他拿來一個光餅當教具，把光餅切成兩半，問我，這一半是不是1/2？是。他再把另外的一半光餅合在一起又問我，那麼，兩個1/2加在一起是不是等於1？我終於懂了。他是這樣深入淺出很耐心地輔導我。小學畢業後，我順利地考上市立女子中學。班長還繼續輔導我的功課，他是外村人，來我們村要繞道幾個村落，他是重點省立中學學生，自己學業也很繁重，寒暑假一定會來為我重點補習。

我讀初三上結束的那個寒假，班級舉辦遠郊登雲水庫義務勞動，在挑土競賽勞動中，下土坡時不慎一腳踩空，滾下山坡，在同學驚叫聲中，我被一塊岩石擋住胸口，沒有摔得太慘，不久卻有吐血現象，經醫院檢查，我有肺病。學業堅持到還剩一個月就畢業了，病情加重，不得不休學，只好暫時離開我所鍾愛的學府。

回家面對的仍然是母親離去的哀傷，年邁的外婆和仍在求學未成年的弟妹，我怎麼可能在家養病？我打算出外打工糊口養家才行。此時，班長時常到學校圖書館借些能磨礪人們意志和積極向上的書籍和小說，諸如：《鋼鐵是怎樣煉成》、《林海雪源》、《青春之歌》、《高玉寶》、《紅岩》、《簡愛》……等等，這一段時間，由於他的推薦，讓我閱讀了大量的文學作品，也激勵著我不能在病中沉淪下去。

　　班長升上高三，學業緊張，全力準備高考，直至他升入大學，在唐山上學，我們各忙各的，幾乎沒有來往，偶爾通信，沒有機會見面。等到他大學畢業，分配在北京工作，而我的現況每況愈下，早已淪為掙工份的面向黃土背朝天的農民；又因台屬（居台者家屬）關係的影響，在當地治保幹部無端作祟下，我被生活壓迫到喘不過氣，幾乎無家可歸，前途茫茫……班長在他母親的家書中，得知我的處境，為了給我一個安居的處所，他毅然決然從北京回來迎娶我。

　　我很醜又不溫柔，在上世紀60年代是個盛行株連的時代，我是個出身不好的台屬，患有肺病，沒有固定工作，農村戶口，還帶著一個年已八旬的小腳外婆與一個在學未成年的弟弟（妹妹即將出嫁），真可謂五毒已俱全了，卻不知天高地厚，要嫁給一個大學畢業生？這門親事既罕見又離奇，沒人會看好這椿條件懸殊的婚姻，也懷疑它的持久與穩定性，只有班長自己很堅定，而且還南北兩地奔波了14年之久。

　　1975年，由於我的肺病時好時壞，孩子又小，夫君決定從北京調回福州工作，身為大學教師的他，不辭勞苦地每天奔波於學校與住家之間，不論寒冬酷暑往返兩小時自行車車程，教學之餘，必定匆匆趕回家為兩個女兒洗澡、洗衣、幹家務、幫忙耕種責任田，我們的供煤量有限，星期天他常帶著孩子上山砍柴。我的病體已幹不了多少農活，只能繡花搞些手工活貼補家用，他也搶著繡花讓我多一點時間休息，我們住家靠近路旁，有一次被一個拾破爛的人看到他在繡花，就說：「男子漢，繡花？破相。」意思是指有殘疾的男人才

做這些女人家做的事。夫君卻不介意，他覺得備課之餘繡繡花也是一種調劑身心的遊戲。總之，他像一條鐵漢，甚麼活都搶著去做。

　　風風雨雨幾十年，酸鹹苦澀賞遍，從未聽他有過怨言，看他有時為了我而被他人奚落，感到悲哀的是我，他還和顏悅色引經據典來安慰我，告訴我，娶我為妻是多麼幸福。我自己一直都想不通，緣分這東西是多麼的奇妙啊？

★註：陳能寶曾任職福州大學化工系化工機械講師

6. 傻大姐與牧鵝姑娘

　　我們的一戶鄰居是孵養鵝苗的個體戶，常常看到他家的小鵝胖嘟嘟，活潑逗人，非常可愛，兩個女兒更是喜愛這些毛絨絨的小東西，我也不太多加思考，買了兩隻捧回家，婆婆看到了就開始數落我，她說，「這麼貴的鵝苗你也敢買？你又沒有養過鵝，養鵝很髒，要清鵝糞，割青草，揀菜葉，都很勞累，你的身體養得了這些東西嗎？兩隻小鵝的價錢，可以買一隻大鵝宰了吃，你不去退還給他，我去退。」

　　婆婆和我的關係向來很好，不管誰要做甚麼互相不干涉，我不想去退掉小鵝。婆婆又說了，這會兒，她說的是順口溜諺語，「清明鵝，哄哄啼。」意思是說，春節至清明節期間，氣候變化無常，養鵝容易得鵝瘟，小鵝若得瘟病死了，不是大家難過？白勞累？白費錢？

　　在村人眼中，我確實不是勤快的媳婦，婆婆自己還在生產隊勞動，也沒辦法幫我養鵝，這些都是事實，可是兩個女兒站在媽媽這一邊，都堅持要養這兩隻小鵝。

　　餵養了幾天，看著小鵝不吃不喝也不愛跑動，難道真的被婆婆說中了，清明鵝不好養？我憂心忡忡跑去向有經驗的鵝農請教，他們要我去抓把沙子拌在青菜絲中給鵝吃，她們說，鵝肫需要有細沙幫助消化，這一招很靈，小鵝開始有胃口了。

　　這兩隻鵝的品種叫「獅頭鵝」，長大起來走路昂頭挺胸，和我小女兒的個頭一般高，大鵝若使性子起來，就用牠的大嘴巴使勁叉住女兒的裙邊把她絆倒。

　　這兩隻鵝越長越大了，朋友誇我能幹，把鵝養得像鴕鳥似的，她說，稱稱看有多重？我哪裡有辦法稱得動？由牠狂長去吧。

　　兩個女兒，漸漸地也不怕大鵝了，還常常趕著大鵝到田邊地頭去吃草，人家給她們取個外號，叫牧鵝姑娘。

　　這鵝真能吃，一天要吃好幾桶切好的菜葉，感謝左鄰右舍的鄉親，他們把多餘的菜葉都送給我。有一位好事的小伙子，硬是把鵝趕到糧店的磅秤上稱重量，他說兩隻鵝足足有三十斤重，我還在夢想著等待大鵝生蛋。但是那個賣鵝苗的個體戶老闆告訴我，這兩隻大鵝全是公鵝，他想叫我換一隻給他做種鵝，他說，他所有的「獅頭鵝」都被人訂購了，只剩下兩隻普通種的土鵝，他想用兩隻土鵝和我換一隻大公鵝，看我願不願意？

　　我說，「行，行。」一隻鵝換來兩隻鵝，何樂而不為呢？

　　婆婆後來身體不大好，看我把鵝養得挺好，也不來過問養鵝的事了。

　　倒是我的一位好朋友，聽到我把一隻十五斤重的大公鵝，去和人家換來兩隻普通種的鵝，追到我家來，把我訓得狗血噴頭。她說，你大概是全世界最傻的傻大姐了，這隻大公鵝被人家佔去多少便宜你知道不知道？她連珠炮似的問了我十多個「你知道不知道？ 你知道不知道？」我哪知道那麼多，當時我心裡想，等到明年，再養兩隻「獅頭鵝」就是了。

國家圖書館出版品預行編目

姊妹兩地書 / 李麗申, 李麗娟著. -- 一版. --
　臺北市 : 秀威資訊科技, 2009.04
　　面；　公分. --(語言文學類；PG0239)
　BOD版
　ISBN 978-986-221-200-4(平裝)

855　　　　　　　　　　　　　98004360

語言文學類　PG0239

姊妹兩地書

作　　　　者 / 李麗申、李麗娟
發　行　人 / 宋政坤
執 行 編 輯 / 林世玲
圖 文 排 版 / 郭雅雯
封 面 設 計 / 陳佩蓉
數 位 轉 譯 / 徐真玉　沈裕閔
圖 書 銷 售 / 林怡君
法 律 顧 問 / 毛國樑　律師
出 版 印 製 / 秀威資訊科技股份有限公司
　　　　　　台北市內湖區瑞光路583巷25號1樓
　　　　　　電話：02-2657-9211　傳真：02-2657-9106
　　　　　　E-mail：service@showwe.com.tw
經　銷　商 / 紅螞蟻圖書有限公司
　　　　　　台北市內湖區舊宗路二段121巷28、32號4樓
　　　　　　電話：02-2795-3656　傳真：02-2795-4100
　　　　　　http://www.e-redant.com

2009 年 4 月　BOD 一版
定價：200 元

讀　者　回　函　卡

感謝您購買本書，為提升服務品質，煩請填寫以下問卷，收到您的寶貴意見後，我們會仔細收藏記錄並回贈紀念品，謝謝！

1. 您購買的書名：＿＿＿＿＿＿＿＿＿＿＿＿＿＿＿

2. 您從何得知本書的消息？

　　□網路書店　□部落格　□資料庫搜尋　□書訊　□電子報　□書店

　　□平面媒體　□ 朋友推薦　□網站推薦 □其他＿＿＿＿＿

3. 您對本書的評價：(請填代號　1.非常滿意 2.滿意 3.尚可 4.再改進)

　　封面設計＿＿　版面編排＿＿　內容＿＿　文/譯筆＿＿　價格＿＿

4. 讀完書後您覺得：

　　□很有收穫　□有收穫　□收穫不多　□沒收穫

5. 您會推薦本書給朋友嗎？

　　□會　□不會，為什麼？＿＿＿＿＿＿＿＿＿＿＿＿＿＿＿＿

6. 其他寶貴的意見：＿＿＿＿＿＿＿＿＿＿＿＿＿＿＿＿＿＿

　　＿＿＿＿＿＿＿＿＿＿＿＿＿＿＿＿＿＿＿＿＿＿＿＿＿

　　＿＿＿＿＿＿＿＿＿＿＿＿＿＿＿＿＿＿＿＿＿＿＿＿＿

　　＿＿＿＿＿＿＿＿＿＿＿＿＿＿＿＿＿＿＿＿＿＿＿＿＿

讀者基本資料

姓名：＿＿＿＿＿＿＿＿＿　年齡：＿＿＿　性別：□女 □男

聯絡電話：＿＿＿＿＿＿＿　E-mail：＿＿＿＿＿＿＿＿＿

地址：＿＿＿＿＿＿＿＿＿＿＿＿＿＿＿＿＿＿＿＿＿＿＿

學歷：□高中(含)以下　　□高中　　□專科學校　　□大學

　　　□研究所(含)以上 □其他＿＿＿＿＿＿＿

職業：□製造業 □金融業 □資訊業 □軍警 □傳播業 □自由業

　　　□服務業 □公務員 □教職　□學生 □其他＿＿＿＿＿

- -

(請沿線對摺寄回,謝謝!)

秀威與 BOD

BOD（Books On Demand）是數位出版的大趨勢，秀威資訊率先運用 POD 數位印刷設備來生產書籍，並提供作者全程數位出版服務，致使書籍產銷零庫存，知識傳承不絕版，目前已開闢以下書系：

一、BOD 學術著作—專業論述的閱讀延伸
二、BOD 個人著作—分享生命的心路歷程
三、BOD 旅遊著作—個人深度旅遊文學創作
四、BOD 大陸學者—大陸專業學者學術出版
五、POD 獨家經銷—數位產製的代發行書籍

BOD 秀威網路書店：www.showwe.com.tw
政府出版品網路書店：www.govbooks.com.tw

永不絕版的故事・自己寫・永不休止的音符・自己唱